KB114118

예고의 음악 천재 2

강서울 현대 판타지 소설

초판 1쇄 찍은 날 § 2022년 12월 14일
초판 1쇄 펴낸 날 § 2022년 12월 21일

지은이 § 강서울
펴낸이 § 서경석

총괄팀장 § 황창선
편집책임 § 박현성
디자인 § 스튜디오 이너스

펴낸곳 § 도서출판 청어람
등록번호 § 제387-1999-000006호
등록일자 § 1999. 5. 31
어람번호 § 제1-3201호

본사 § 경기도 부천시 부일로 483번길 40 서경B/D 3F (우) 14640
편집부 § 서울특별시 구로구 디지털로 272 한신IT타워 404호 (우) 08389
전화 § 02-6956-0531 팩스 § 02-6956-0532
http://www.chungeoram.com
E-mail § chungeorambook@daum.net

ⓒ 강서울, 2022

ISBN 979-11-04-92470-5 04810
ISBN 979-11-04-92468-2 (세트)

도서출판 청어람

강서울 현대 판타지 소설

예고의
음악 천재

2

MODERN FANTASTIC STORY

목차

Chapter. 1

　강현은 한동안 조용했다. 정확히는 쪽팔려서 얼굴을 못 들고 다닌다는 게 맞으려나.

　이게 통할까 싶었는데 다행히 제법 충격적이었던 모양이었다.

　참새에게 얻어맞아 거지꼴이 되었다는 게.

　"강현 선배 얘기 들었어?"

　"참새한테… 맞은 거?"

　"17 대 1로 싸워도 이긴다고 그렇게 허세를 떨더니만, 7 대 1로 싸워도 못 이기더라. 사람도 아니고 참새한테."

　"야… 야……. 그 선배 들으면 또 난리 난다."

　아, 거참 흐뭇한 소식이네.

　"서진아, 기분 좋은 일 있어?"

　"네?"

"아까부터 실실 웃고 있길래."

크흠.

신서진은 헛기침을 하며 아무 일도 아니라는 듯 고개를 저었다.

창문 밖으로 들려오는 말들에 몰입하다 보니 저도 모르게.

인간의 귀에는 안 들릴 정도로 작은 소리였겠지만, 유감스럽게도 이쪽엔 또렷이 들려온다.

그렇다고 혼자 웃어 대는 미친놈처럼 보일 수는 없으니까. 신서진은 애써 태연하게 덧붙였다.

"아뇨. 대본이 너무 좋아서요."

"대본이?"

능글맞은 신서진의 대답에, 한시은은 어이없다는 듯 웃음을 터뜨렸다.

"신선하고 좋네요."

"…어설픈 변명이긴 한데, 믿어 줄게."

"감사합니다."

〈더 시네마〉.

오늘은 동아리 첫 정식 활동이 있는 날이었다.

지난번엔 월말 평가 준비를 위해 간단한 팁을 전수해 주느라 바빴으니, 이렇게 단체로 모여 대본을 나눠 읽는 것은 처음이었다.

동아리 내에서 축제에 올라설 무대를 팀별로 준비하게 되는데, 그 탓에 지금 실용음악과인 유민하와 한시은, 이정한, 그리고 신서진의 앞으로 여러 개의 뮤지컬 대본이 놓여 있었다.

그때였다.

주머니에 손을 찔러 넣은 채 껄렁하게 걸어온 이정한이 말을 더했다.

"이 중에 골라 보려 하는데, 민하는 어때?"

유민하는 잠시 고민하더니 대본을 무릎 위에 펼쳐 놓았다.

"저는… 다 좋아요."

아무래도 갓 들어온 신입 회원이 축제 때 쓸 대본을 고르는 건 부담스러워하는 듯한 낯빛이다. 그 의중을 파악한 이정한이 손사래를 치며 말했다.

"야, 눈치 볼 필요 없어. 그냥 확실하게 원하는 거 골라. 우리는 2학년들한테 원래 기회 다 준다?"

이정한은 그렇게 말하고선 신서진을 돌아보았다. 이정한의 말대로 이번 대본은 신입 회원들이 선택하기로 했었다.

하지만, 그중에서도 유독 별난 신서진의 안목을 확인하고 싶은 마음.

이정한은 은근히 신서진을 떠보았다.

"너는 뭐가 가장 좋았냐?"

신서진은 갑자기 들어온 질문에 잠시 망설이다가 입을 떼었다.

으음.

우선 첫 번째로 받은 대본.

"성냥팔이 소녀라……. 프로메테우스의 위대함이 돋보이는 인상 깊은 신화였어요."

프로메테우스가 얼마나 인간을 사랑했으면 신에게서 불을 훔쳐다가 그들을 살렸을까.

그 고난과 역경이 느껴지는 작품이라 내내 눈물이 앞을 가렸다.

고작 성냥팔이 소녀 하나에 의미를 둘 내용이 아니다.

그 속에 숨겨진 저자의 뜻은 분명 숭고했을 것이다.

"응?"

"불이 인간을 죽이고 살리는 그 아름다운 과정을 엿볼 수 있었달까요."

"아냐, 그런 거 아니야."

긁적.

유민하는 인상을 찌푸리며 손사래를 쳤다.

'맞을 텐데.'

신서진은 그 단호함에 머리를 긁적이며 다음 주제로 넘어갔다.

그럼, 다음 거.

고양이와 인간의 형상을 반쯤 담은 낯선 생명체가 무대 위를 뛰어다니며 노래를 부르는, 이들의 말에 따르면 유명한 뮤지컬이라는 캣츠.

찾아 보래서 영상까지 찾아보긴 했는데.

생동감 있어 보이는 노래와 화면은 제법 인상 깊었다.

하지만, 머릿속을 떠도는 생각을 멈출 수가 없었다.

"이건 고양이야, 사람이야?"

"당연히 사람이지."

"그게 의아하다는 거야. 고양이가 주인공이라면 고양이를 데려다 놓고 연극을 해야지, 왜 사람이 하고 있어? 분장까지 해야 한다는 점에서 지나치게 비효율적인데."

"말이 안 되잖아. 고양이가 어떻게 연기를 해!"

"걔네도 말 잘 들어. 심지어 연기도 잘하는데. 아, 본 적 없어?"

"…제발."

사사건건 아니라고 하니, 대체 뭘 하라는 거야.

신서진은 투덜대며 유민하를 돌아보았다.

"스읍……."

그제야 유민하는 조용히 꼬리를 내렸다.

"뭐, 그렇게 볼 수도 있다고 생각……."

─일 줄 알았다.

"…하진 않지. 고양이한테 연극 시킨다는 말 같지도 않은 소리까지 동의해 줘야 해?"

"됐다, 됐어."

"하?"

괜히 말을 얹었다가는 또 욕을 먹을 거 같으니.

신서진은 머리를 긁적이며 담담하게 말을 뱉었다.

"이걸로 한번 해 볼까요?"

＊　　　　　＊　　　　　＊

동아리 활동 2주 차.

뮤지컬의 꽃은 연기도 연기지만, 노래를 빼놓을 수 없다.

뮤지컬 특유의 탄탄한 발성을 필요로 하는 고난이도의 선곡에 한시은은 아까부터 한숨을 푹푹 내쉬고 있었다.

하지만, 그것도 잠시.

신서진 쪽을 돌아보고선 싱긋 웃어 보인다.

"서진이 잘하는데? 뮤지컬 처음 해 보는 거 맞아?"

〈겨울나라〉.

처음 대본을 짚었을 때 의외라는 듯 두 눈을 끔뻑이던 유민하였다.

앞선 두 대본보다는 만족하는 기색이었으나, 기본적으로 높은 음역대와 인지도에 따라오는 부담감. 어려운 곡을 완벽히 소화해 내야 한다는 강박이 어느 정도는 있었다.

하지만, 늘 그렇듯.

신서진은 대책 없이 선곡을 하진 않았다.

한시은은 신서진의 어깨를 툭 치고선 말을 뱉었다.

"발성도 좋고, 음역대 소화도 괜찮고. 아무래도 믿는 구석이 있었나 봐? 이 노래 많이 불러 봤나?"

"아뇨, 처음 듣는데요."

"뭐? 이 노래를?"

유민하는 고개를 갸우뚱해 보이며 되물었다.

이 노래를 처음 들었을 리가……?

"레딧고 몰라?"

"몰라."

"왜 몰라?"

"모를 수도 있지?"

뭐지, 이 당당함은.

"너, 혹시 간첩……. 그런 건 아니지?"

"그게 뭔데?"

"아니야, 됐어."

유민하는 충격에 빠진 얼굴로 덧붙였다.

"난 가끔 얘만 무인도에 있다 왔나 싶은데."

하루 이틀도 아니지만 매번 주변 사람들을 놀라게 하는 신서진이다.

한시은과 유민하는 신서진을 천연기념물 보는 듯한 표정으로 돌아보았다.

"…신기하긴 해."

"스읍."

신서진은 그 시선을 머쓱하게 웃어넘기며 대본을 움켜쥐었다.

노래를 한 번씩 따라 불러 본 결과 크게 어려운 구석은 없었고.

이제 남은 건 연기다.

"대본 한번 읽어 볼래? 둘이서."

애당초 이걸 배워 보려 여길 들어온 거긴 하니까.

신서진은 한시은이 시키는 대로 두 손을 모았다.

그러곤, 최대한 간절한 목소리로 입을 열었다.

"엘싸아……?"

슬프게도 정적이 돌아왔다.

"다시."

"엘싸아아!"

한시은은 말문이 막힌 얼굴로 입을 틀어막았고, 유민하는 두 눈을 끔뻑였다.

뭘까, 이 반응은.

유민하는 신서진의 의문을 빠르게 정리했다.

"너무 경박해."

하여간 저 성질머리.

신서진은 유민하의 돌직구에 말문이 막혔다. 곰곰이 생각해 보니 맞는 말이어서였다.

발음에 신경 쓰느라 지나치게 경박해졌나.

신서진은 헛기침을 하며 목소리를 낮추었다.

아까보다 한결 차분해진 목소리가 목구멍을 타고 흘러나왔다.

아, 차분해지다 못해 조금은 침체된 걸까.

"엘싸아……. 엘… 싸……."

"이거 완전 싸해지겠는데? 서진아, 이거 납량 특집 아니라고. 자, 봐 봐."

한시은은 답답했는지 대본을 꺼내 들었다. 첫마디부터 막힐 줄은 몰랐는데.

"나도 연영과는 아니라 엄청 잘 아는 건 아니지만 뮤지컬이잖아. 그렇게 흐물흐물한 목소리 말고 저 끝에 있을 관중한테도 전달되게 해야 하지 않을까?"

"전달되게요?"

"네가 맡은 올라프가 경박한 캐릭터가 맞긴 한데, 애 목소리엔 힘이 들어가 있단 말이지. 아, 딱 너 노래 부를 때처럼 말이야."

노래 부를 때라…….

그렇게 매가리 없이 불렀다는 생각은 하지 못했는데, 미묘한 차이를 느낀 모양인지 한시은의 말이 이어졌다.

"뭔가 호소력이 좀 약해. 몰입이 전혀 안 되는 느낌이야."

"으음, 확실히 몰입도가 떨어지네요."

유민하도 고개를 끄덕이며 말을 얹었다.

호소력이라.

관중에게 전달되는 힘.

한시은은 신서진의 어깨를 툭 치고선 다급히 말을 뱉었다.

"가장 절절했던 순간 없어?"

"그런 거 없어요."

"가장 간절했던 순간은?"

"이미 다 가져서, 그닥이요."

옆에 서 있던 유민가 허, 하고 한숨을 내쉬었다.

"선배, 죄송해요. 원래 조금 저래요."

"응, 아니야. 괜찮아, 적응했어."

한시은은 태연하게 다시 한번 더 물었다.

"곰곰이 잘 생각해 봐. 최근에 가장 간절했던 기억이……."

"아!"

"생각났어?"

생각해 보니 있긴 있다.

고개를 끄덕여 보이자 두 사람의 눈빛이 동시에 반짝였다.

그 감정을 그대로 살려서 한번 해 보란다.

"무슨 대사로 하면 되죠?"

"너 하고 싶은 거로."

으음.

그때의 그 감정을 그대로 살려서.

바람에 힘을 조금만 더 실어 넣을 수 있다면.

지금 이 한마디가, 10여 미터 떨어진 곳에서도 생생하게 들릴 수 있도록 하면 되는 것일까.

인간들의 마음을 울릴 수 있는 대사. 언변술로는 어디 가서 밀리지 않던 신서진에겐 그리 어려운 일도 아니었다. 말 한마디로 천 냥 빚을 갚는다고, 제우스가 데려온 서자들을 그리 싫어하던 헤라 앞에서도 금세 마음을 얻어 내곤 했으니.

할 수 있어야 정상이다.

신서진은 빛의 조각을 조금 털어 냄과 동시에 천천히 입을 떼었다.

아주 조금의 진심을 담아.

숨을 들이쉬었다.

나는 지금 아주 격렬하게,

인생에서 처음으로 간절하게.

아아…….

"관심이 받고 싶다."

이 정도면 만족했으려나?

그렇게 신서진이 나직이 한마디를 뱉은 후, 고개를 들었을 때.

"……."

그의 눈앞에는 감격에 찬 눈빛으로 두 손을 모으고 있는 유민하가 있었다.

차마 입을 다물지 못하고 있는 한시은도.

신서진은 싱긋 웃으며 되물었다.

"좀 감동적이었나요?"

짝짝짝.

"와… 진짜……."

"…관종 같았어."

그야, 당연하지.

진심이었으니까.

*   *   *

방금 뭘 들은 거지?

이정한은 복도 끝에서부터 훅 꽂혀 오는 한마디에 놀란 눈이 되었다.

"…환청인가?"

긁적.

누군가가 관심받고 싶다고 외쳤던 거 같은데.

"에이, 설마."

그런 미친 관종이 있을 리가.

차라리 소리를 내질렀다면 모를까, 저렇게 작은 목소리가 여기까지 들려올 리 없었다.

역시 환청인 게 분명했다.

오묘한 말소리에 이정한은 홀린 듯 동아리실로 향했다.

문틈으로 뮤지컬 연습 중인 실음과 친구들이 보였다.

"한 번만 더 해 봐."

"아까 그 감정 그대로요?"

"이번에는 노래 부르면서."

"아, 알았어요."

신서진이다.

이정한은 문을 열고 들어가려던 것을 멈췄다.

괜히 흐름을 끊고 싶지는 않았다. 요새 들어 그리도 핫하다는 녀석의 실력이 궁금해서였다.

"흐음……."

저 녀석을 싫어하는 3학년이 한둘이던가.

그래도 한시은이 저렇게 끼고도는 걸 보면 뭔가는 있는 거 같은데.

그런 이정한의 생각은 문틈으로 들려오는 첫 소절에 끊어지고 말았다.

'아, 관심받고 싶다.'

훅 들어와 머릿속에 꽂힌 아까의 그 환청처럼.

조근거리며 선명하게 들려오는 말소리가 그의 귓가에 속삭였다.

희한하다.

일반적인 뮤지컬의 발성이 아니다.

하지만, 그만큼이나 확실하게 가슴을 울리는 목소리였다.

"의외네."

대사를 읊조리듯 뱉으면서도 그 한마디 한마디가 온 정신을 사로잡는다.

거기에 탄탄히 받쳐 주며 올라가는 고음까지.

리셉터의 '하늘 바다' 때부터 노래를 웬만치 부른다는 건 알고 있었지만.

"처음 하는 거 맞아?"

한시은이 던졌던 말을 그 역시 곱씹고 있었다.

뮤지컬의 발성은 분명 가요와는 다르다. 배운 것이 없어서 백지와도 같은 상태로 던져진 신서진. 그 새하얀 도화지 위에는 뮤지컬도, 가요도, 성악도. 그 어떤 장르도 다양하게 그릴 수 있었다.

하지만, 그 내막을 모르는 이정한에게는 그저 경이로운 광경일 뿐이었다.

"시작한 지 얼마나 됐다고 저걸 벌써 감을 잡아?"

이미 해 본 게 아니라면.

"뭐지……?"

대치동 1타 강사에게 배운다고 모두가 저 실력이면 무슨 돈을 털어서라도 찾아가겠지.

강현이 부들대던 것과 달리 이정한의 생각은 조금 달랐다.

지금까지 들려온 소문들이 모두 사실이라고 해도, 범상치 않은 녀석이다.

그래서, 제법 재밌었다.

"웃기는 애네."

이정한은 피식 웃으며 문고리를 움켜쥐었다.

대충 결론이 났다.

"저래서… 남이준이 싫어하는 건가?"

*　　　　　*　　　　　*

"죽겠다……."

신서진은 말끝을 흐리며 오른손으로 수저를 들었다.

연습이 끝나고 돌아온 급식 시간.

세 시간을 내리 시간 내어 연습했더니 밥이 술술 넘어간다.

한시은의 말에 따르면 아직 대본 리딩도 덜 끝난 데다가 축제 무대에 서려면 이것의 배로 연습해야 한단다. 쉬지 않고 노래와 연기를 한 것도 난생처음이라 신박한 경험이긴 했다만.

매일 이런 스케줄이라니.

봄 축제가 오기 전에 내가 말려 죽는 게 아닐까?

'과로사를 피해 왔는데…… 여기서도 오래는 못 살 것 같은데?'

인간으로 사는 거, 쉽지 않네.

신서진은 착잡한 심정으로 식판 위에 숟가락을 내려놓았다.

우물우물.

제 앞에 놓인 닭 다리를 한 번에 다 뜯어 먹고선 이쪽을 빤히 돌아보는 최성훈.

저 눈빛이 뭘 의미하는지 알 거 같은데.

야, 야.

내 건 안 된다고.

"조금만."

"안 돼."

"조금만……."

"아… 진짜……."

거참, 애새끼가 따로 없다. 신서진은 한숨을 내쉬며 최성훈에게 당부했다.

"딱 하나야."

말이 끝나자마자 제자리에서 펄쩍 뛰며 닭 다리를 낚아채 가는 최성훈.

"내가 특별히 하사한 것이니 감사히 먹어라."

"……."

"먹느라 바쁘냐?"

생색이라도 내려 했건만, 신서진은 순식간에 빼앗긴 닭 다리를 멍하니 보고 있을 뿐이었다. 눈치도 없이 먹는 데 여념이 없는 최성훈까지.

허겁지겁.

맞은편에서 둘을 지켜보고 있던 유민하가 혀를 차며 최성훈에게 핀잔을 던졌다.

"야, 누가 너 굶겼냐고."

"맛있잖아, 특식인데."

"다이어트는 안 해? 저기 다영이 좀 봐, 안 먹잖아. 별로."

"어?"

다영은 갑자기 들려온 자신의 이름에 두 눈을 끔뻑이며 고개를 들었다.

수북이 쌓인 숟가락을 입으로 가져가려다 멈칫한 얼굴이다.

갑자기 눈치를 보고 있다.

유민하의 말과는 사뭇 다르게, 아까부터 조용히 잘 먹어 온 거 같은데.

유민하는 고개를 절레절레 저으며 빨대를 입에 물었다.

"다들 월말 평가 어떻게 할 거야?"

기왕이면, 이 멤버 그대로 모두가 A반에 남았으면 하는 것이 바람이었다. 유민하의 눈빛에도 그 뜻이 결연하게 느껴졌다.

최성훈은 먹던 닭 다리를 내려놓으며 어깨를 으쓱였다.

"나는 아무래도 연주 실력은 안 될 거 같더라. 그래서 딴거 준비하려고."

"무슨 소리야? 뭘 준비하게?"

살짝 가볍게 턱을 쓸어내린 최성훈이 양심도 없이 싱긋 웃었다.

"내 얼굴······?"

악!

쯧, 어쩌면 맞을 짓만 골라서······.

신서진은 최성훈의 비명 소리를 BGM 삼아 편안히 남은 닭다리 하나를 뜯었다.

왜 최성훈이 하나만 달라 했는지 알 것 같은 맛.

신서진은 유민하와 최성훈의 시끄러운 싸움을 직관하며 이다영의 귀에 속삭였다.

"그러려니 해."

"으응······."

이다영도 공감하는지 포기한 얼굴로 고개를 끄덕였다.

유민하의 손아귀에 붙들린 최성훈이 두 팔을 휘적이며 신서진을 불렀다.

"아아악, 서진아. 도와줘, 도와줘!"

"누구신지?"

"야, 너 지인짜 치사하게."

"저런."

그렇게 최성훈의 응징이 끝난 후.

시끌시끌하던 급식실이 어느 정도 조용해지자 유민하의 질문이 신서진에게 돌아왔다.

사실 다른 사람들보다 더 궁금한 게 신서진이다. 연주 실력이 믿을 수 없을 정도로 성장하는 걸 눈앞에서 지켜봤으니 이번 월말 평가 역시 기대될 수밖에.

하지만, 신서진은 입에 꿀이라도 발라 놓은 것처럼 대답이 없었다.

"뭐야, 니들 다 안 정했어?"

불길한 예감은 적중했다.

"야, 일주일 남았는데. 단체로 떨어지려고 환장한 거야?"

"잠깐만, 그게 어떻게 된 거냐면……."

신서진은 나름의 변명을 했고, 최성훈 역시 일단 안심을 시켜 보려 입을 떼었다.

마침 그 순간이었다.

"다 여기 있… 었네."

"아, 깜짝이야."

어디서부터 엿들었는지 이유승이 껄렁껄렁한 자세로 얼굴을 들이밀었다.

"월말 평가 얘기 중이었어?"

"요새 왜 이리 얼굴을 안 비추고 다녀?"

유민하는 의아한 눈빛을 이유승에게 보냈다.

그러고 보니 정규 수업을 제외하곤 요즘 들어 안 보이긴 했다.

뭐가 그리도 바쁜지 점심시간마다 훌쩍 사라져 있고.

"아. 월말 평가 준비하느라 바빠서."

"뭐야, 혼자 대단한 거 준비하고 있으신가 봐."

"이야, 서러워서 못 해 먹겠네."

이유승의 한마디에 유민하와 최성훈의 말이 속사포로 쏟아졌다.

이유승은 어색하게 웃음을 터뜨리며 머리를 긁적였다.

"아, 그런 건 아니고. 그냥 내 전문 분야가 아니라서."

이유승답지 않게 웬일로 겸손하다.

진짜 뭔 일 있나.

신서진은 미심쩍은 시선을 이유승에게 보냈고, 그는 곧바로 어색하게 웃으며 입을 열었다. 다소 부자연스러운 화제 전환이었다.

"맞다, 너네 그 얘기 들었냐?"

구겨 신은 운동화를 제대로 찔러 넣으며 이유승은 천천히 허리를 폈다.

"우리 월말 평가, 연주 테스트 있잖아."

"어어."

"그거 A반은 공개로 진행한다더라."

신서진조차 다소 놀라게 만든 공지.

서울예고의 A반과 B반, 그리고 C반 사이에는 엄연한 차이가 존재한다.

비단 학생들의 수준 차이가 아니라, 대우, 경험 그 모든 측면에서.

A반만 공개적으로 시험을 진행한다는 것은……

"뭐?"

"진짜로?"

"3월 월말 평가를 공개로 하는 건 처음 아니야?"

신서진은 눈썹을 들썩이며 앉아 있었다.

그간 서울예고에서 눈칫밥을 먹어 온 결과…….

공개 월말 평가라는 건…….

기회다.

잘만 한다면 한 번 더 눈도장을 찍을 수도 있다는 기회가 된다는 소리.

거기에 결정적인 한마디가 더해졌다.

"게다가 이번엔 기자들이 단체로 온다고 하더라고."

"우리… 축제 때처럼?"

"완전 공개야?"

제길.

그냥 기회라고 생각했는데 이거 완전 특급 기회다.

역시 닭 다리가 중요한 게 아니었어.

"억!"

신서진은 먹다 남은 닭 다리 하나를 대충 최성훈의 식판에 던져 놓고 벌떡 일어났다.

"기자가 많으면… 사람도 많으려나?"

"그야… 당연하지?"

아, 벌써 떨리는데.

*   *   *

밤 10시. 서을예고의 정식 자율 연습이 끝나는 시간이지만, 실제로 이 시간에 칼같이 기숙사에 들어가는 학생은 별로 없다. 특히 월말 평가 기간에는 더더욱.

월말 평가 당일에 기자단이 온다는 소식을 듣고 나서는 A반 단체로 활활 타오르고 있었다.

연습실당 키보드가 하나밖에 없었기 때문에 몇 명씩 예약해서 쓸 수밖에 없다는 게 단점이었다.

자연스레 마음이 맞는 녀석들과 모이다 보니, 결국 이 멤버다.

유민하, 최성훈, 이다영.

이유승 그 녀석은 오늘도 코빼기도 보이질 않고.

신서진은 지난 이틀의 집중 연습으로 깨달은 게 하나 있었다.

"아……."

내 관절…….

젊은 친구들의 체력을 따라가는 것은 역시 힘들다.

"성훈아."

"왜?"

"처음에는 막… 설레서 떨렸거든?"

얼마나 좋냐.

여기 몇 안 되는 학생들이 아니라, 단체로 몰려온 사람들 앞에서 힘을 있는 대로 끌어모을 수 있는 기회인데. 신서진으로서도 놓쳐서는 안 될 중요한 평가였다.

그런데…….

"…지금은 손이 떨리는군."

최성훈이 세상 안쓰럽다는 눈길로 신서진을 내려다본다.

별일 아니라는 듯 그의 어깨 위에 손을 얹은 최성훈이 한숨을 내쉬며 말했다.

"그렇게 힘들어? 안무 연습도 아닌데?"

그것도 그것대로 힘들었지만, 막상 인정하자니 영 자존심이 상한다.

"난 튼튼해."

"…어련하시겠어요."

"하지만, 이 스케줄이 살인적인 건 맞아. 그래서 인간들이 단명하는 거라니까. 다른 이유가 아니야."

절레절레.

신서진은 고개를 저으며 다시 피아노 위에 손을 얹었다.

몇 시간 두드려 본 결과 대강 감은 잡았다.

어떤 방식으로 편곡해야 조금은 특별해 보일지.

교사들이 원하는 '천재'의 이미지에 조금 더 다가설지.

신서진은 아쉽다며 말끝을 흐렸다.

"거의 천재의 반열에 이르렀는데 딱⋯⋯. 2프로가 부족하네."

"⋯2프로만 부족한 것 맞지?"

"0.2프로일지도. 네가 봐도 그렇지 않아?"

"⋯⋯."

"나는 도무지 모르겠는데? 하여튼, 진짜 이 곡으로 할 거야? 굳이, 하필 이 곡으로?"

"왜?"

이번에는 유민하가 물어 왔다.

신서진은 자세를 고쳐 앉은 채 방금 전에 받은 질문을 곱씹었다.

리셉터의 〈하늘 바다〉 때도 느꼈지만 곡의 선정과 연출에 있어서는 재능이 넘치는 친구다.

그런 애가 던지는 말이라면, 조금은 신경이 쓰인다.

"문제라도 있나?"

"그건 아닌데⋯⋯. 좀 의외라?"

〈불놀이〉.

아폴론이 추천해 온 가요 차트를 한참을 뒤적인 결과 발견해 낸 나름 최신 노래.

아직까지도 탑 100위에 있는 걸로 봐선, 이 친구들은 대강 알 만한 노래다.

문제는 강렬한 리듬에 화려한 드럼 비트까지.

차라리 리셉터의 하늘 바다 같은 밴드곡이라면 모를까.

이건 아예 유명 아이돌이 부른 노래다 보니, 피아노 연주와는 더 어울리지 않는 느낌이다.

―라는 유민하의 지적이 이어졌다.

"그래?"

"다른 애들이 준비하고 있는 노래는 들어 봤고?"

"그렇지."

유민하는 쇼팽의 화려한 연주곡을 준비했다.

최성훈도 난이도가 그나마 쉽다는 뉴에이지 유명곡을 꺼내 들었다.

이다영은……. 뭐, 아예 자작곡으로 승부하겠단다.

그런 와중에 혼자 튀는 곡이라니.

유민하는 신서진의 선곡이 마음에 걸렸다.

"아이돌 노래 선곡한 애는 없을 거 같은데?"

"특별하고 좋은걸?"

"그리고 이건 또 뭐야? 이거 우리 동아리 때 봤던 그 대본 아니야?"

유민하는 뒤늦게 키보드 위에 올려 놓은 대본을 확인하곤 놀란 눈이 되었다.

"성냥팔이 소녀? 이게 왜 여기서 나와?"

악보가 있어야 할 자리에 왜 대본이 튀어나오냐는 듯한 뉘앙스.

아, 거참. 다 생각이 있는 거라니깐.

아까부터 몇 시간 동안 편곡에만 집중했다.

지난 동아리 활동을 끝내고 배운 게 좀 있었으니까.

대사를 전달하듯이 노래하는 능력.

그게 가능하다면 반대도 가능하지 않을까.

그러니까.

음악으로 대사를 전달할 수도 있는 거 아닌가?

이 노래를 통해 뮤지컬의 한 장면을 머릿속에 그려 낼 수 있다면, 그게 바로 자신이 생각하고 있는 그림이었다. 이번 월말 평가를 위해서라면 반드시 제가 칠해 가야 할 그 그림.

그래서 물었다.

그 그림이 어설프게라도 그려지는지.

"이 대본이랑 이 노래랑 공통점이 뭐라고 생각해?"

"성냥팔이 소녀랑 이 아이돌 노래랑? 이게… 비슷한 게 있나?"

"……."

"분위기도 다르고, 가사에도 접점이 없고. 차라리 잔잔한 노래면 모를까, 뮤지컬곡으로 쓰기에도 너무 센 곡 아닌가 싶은데."

유민하의 분석이 이어지던 그 순간.

파앗.

얌전히 콧노래를 흥얼거리고 있던 최성훈은 손을 들고선 자리에서 벌떡 일어났다.

"정답! 주제에 불이 들어갑니다!"

유민하는 어이가 없다는 듯 한숨을 내쉬며 손을 휘저었다.

"야, 너 지금 그걸 말이라고……."

"정답."

"아?"

"천재였구나, 너."

"으… 으응? 이게 왜 진짜야?"

유민하는 얼빠진 표정으로 신서진의 말을 받아쳤다.

"쟤가 천재가 아니라… 너… 네가 좀 이상한 거 아니야? 이게 맞다고?"

"맞는데?"

주제에 불이 들어가서.

그냥 그래서 한번 엮어 본 것 맞다.

유민하는 당연히 뒷목을 잡았다.

"이게 되겠냐고, 상식적으로. 둘 중 하나는 확 죽이지 않는 이상 절대 안 어울릴 거라고."

"동감, 전혀 생뚱맞은 곡에서 옛날 동화가 딱! 떠오르면, 그거 병원 가 봐야 해. 환각이야."

"나도… 같은 생각……."

아, 됐고.

"다 했다."

"뭐?"

"어… 어?"

역시 나는 난놈이다.

＊　　　　＊　　　　＊

서울예고 앞 정류장.

"뭐지? 진짜 아까 그거 뭐였지?"

최성훈은 잔뜩 흥분한 목소리로 말을 연신 뱉었다.

"어떻게 한 건데? 이번에도 그냥 뻘이야? 아니, 내가 이건 진짜
안 물어보려 했는데… 너, 진짜 어디서 배운 거냐?"

오른쪽 귀가 터져 나가도 전혀 이상하지 않을 거 같다. 신서
진은 조용히 귀를 닫는 것으로 대답을 대신했다.

연습을 끝내고 잠시 간식을 사 먹자면서 기어코 신서진을 끌
고 나온 최성훈은, 오늘따라 잔뜩 흥분해 있었다.

"야, 야, 신서진. 신서진!"

"제발 진정해 줬으면 좋겠는데. 시끄러워서 고막이 터질 것 같
군."

"말이 안 되는데? 아니, 민하야. 너 이게 말이 된다고 생각해?"

"……"

"익숙한 노래인데 피아노로 치니까 다른 노래 같아. 근데 막,
눈앞에서 동화가 펼쳐지는 거야. 슬프고 그렇잖아. 원래는 전혀
슬픈 노래가 아닌데."

"그 정도까지는 아니었어."

유민하의 현실적인 지적에도 최성훈의 호들갑은 끝나지 않았
다.

"다영이가 편곡을 배웠던 시간을 생각해 봐. 얘, 고작 배운 지
며칠도 안 됐다며."

편곡의 방식이 남들과는 상이하다.

정석의 루트를 밟고 있지 않으나, 오히려 그 신박함이 참신함을 만든다. 신서진의 편곡이 바로 그러했다.

최성훈은 한술 더 떠서 감탄하듯 말을 뱉었다.

"아무리 봐도 이 정도 재능이면 진짜 신의 영역인데……?"

"신의 영역?"

신서진은 괜히 뜨끔해서 몸을 움찔거렸다.

갓서진 건으로 저 말이 진심은 아니라는 걸 알았지만, 그럼에도 찔리는 심정은 어쩔 수 없다.

그나마 다행인 것은 최성훈이 금세 다른 것에 꽂혀 버렸다는 점이었다. 은근슬쩍 저쪽을 힐끗거리더만 이제는 아예 넋을 놓고 있다.

시선을 따라가 보니 웬 천막이다.

최성훈은 손가락으로 그쪽을 가리키며 다급히 중얼거렸다.

"근데 나 신서진 재능도 너무 너무 놀라운데……. 저기 호떡이 1+1인 게 더 놀라워."

"……!"

"안 되겠다, 먹자."

"야!"

유민하는 기겁하며 앞으로 튀어 나가려는 최성훈의 목덜미를 붙들었다.

"나 다이어트 중이라고!"

"너는 열심히 하세요, 나는 날 때부터 슬림해서 안 해도 괜찮… 악!"

"절대 안 돼."

"자기가 먹으면 안 된다고 남까지 먹지 못하게 하는 인성 무슨 일이냐!"

거기에 신서진까지 말을 얹었다.

먹어도 안 찌는 건 이쪽도 마찬가지이기에.

"나도 간다."

"야, 신서진! 최성훈!"

당연하지만, 유민하가 발악하듯 소리를 내질렀다.

그러거나 말거나.

이미 호떡에 눈이 돌아가 버린 최성훈은 들을 리가 없고, 신서진은 호기심 어린 눈길로 호떡집 앞에 멈춰 섰다.

지글지글.

기름을 튀기는 소리가 귓가를 간질인다.

"이게 뭐냐?"

"호떡, 안 먹어 봤어?"

"응."

어느덧 조금씩 더워지는 날씨지만, 아직까지는 제법 쌀쌀한 터라 뜨거운 게 당겼다.

최성훈 저 녀석이 저렇게 좋아하는 걸 보면…….

신서진은 도전해 보기로 마음먹었다.

"음, 이거 맛있어?"

"어, 죽여주지. 입으로 불어서 한입 넣으면 장난 아니…….."

"1+1으로 두 개 주세요."

신서진은 최성훈의 말을 끊고선 뒤를 돌아보았다.

"…네가 사 주는 거야?"

이럴 줄은 몰랐다는 듯, 살짝 감동한 얼굴의 최성훈이 두 눈을 반짝인다. 신서진은 가볍게 그 눈빛을 무시하고는 덧붙였다.

"돈은 저 친구가 낼 거예요."

"…야?"

급하게 나오느라 돈을 안 챙겨 나왔다.

'아, 그래도 이런 건 연장자가 내야 하나.'

신서진은 고개를 갸웃거리며 고민했다.

새파랗게 어린 것들에게 얻어먹기도 뭐한데.

'30년 후에 갚으면 되려나.'

음, 역시 미안하다.

신서진은 열심히 호떡을 굽고 있는 아주머니에게 물었다.

"아, 혹시 금으로도 결제됩니까? 어떻게든 구해 볼 수는 있을 것 같은데."

"뭐… 뭐라고 씨불이는 거, 학생?"

"…그냥 내가 낼게."

유민하가 차게 식은 얼굴로 다가와 신서진을 옆으로 밀었다.

"금은 많아."

"네 얼굴에 주먹 날려서 금니로 바꿔 버리기 전에 조용히 하라잖아, 유민하가."

"나 그렇게 과격한 말은 안 했는데."

"곧 할 거잖아."

"알면 비켜 봐, 최성훈. 너 대신 내가 먹을 거니까."

"뭐… 뭐? 야, 네가 그러고도 사람이야?"

"그러는 너는! 나 빼놓고 기어이 먹고 싶은 게 사람이야?"

거참 의미 없는 싸움을 하는구만.

신서진은 그사이 나온 따끈따끈한 호떡을 받아 들고선, 태연하게 결론을 내려 주었다.

"내가 객관적으로 판단했을 때는 둘 다 인간이 맞아."

"뭔 소리를 하는 거야, 애는."

호떡 하나 먹기가 이렇게 힘들 수가.

뒤에서 말없이 이 개판을 지켜보던 이다영은 조용히 두 손으로 얼굴을 가렸다.

그때였다.

"어?"

"왜 그래?"

"어어?"

유민하와 투닥이며 몸싸움을 하고 있던 최성훈이 놀란 얼굴로 제자리에 멈춰 섰다.

그 바람에 앞으로 고꾸라질 뻔한 유민하는 인상을 찌푸리며 몸을 일으켰다.

하지만, 그것도 잠시.

그녀의 표정 역시 최성훈과 비슷한 상태가 되었다.

무슨 일이지?

뭐라도 있나?

호떡 대신 주머니의 초콜릿을 하나 꺼내 까먹고 있던 이다영의 손에서 툭, 초콜릿이 떨어졌다.

그들의 시선이 일제히 향한 곳엔······.

"이유승?"

이유승이 땀을 뻘뻘 흘리며 서 있었다.

이쪽에선 보이지 않을 법한 반대편 횡단보도.

편의점 앞에서 알바를 하고 있는 건지, 두툼한 직원 유니폼을 껴입은 그의 모습이 눈에 들어왔다.

그러니까, 예전에 아폴론의 〈야너인싸〉에서 본 적이 있었던 내용이다.

대한민국의 학생들은 흔히들 용돈을 충당하기 위해 아르바이트를 한다던데.

이게 그렇게 놀랄 일은 아니지 않나……?

신서진이 의아해하자, 유민하가 말을 얹었다.

"이유승, 원래부터 손에 물 한 방울 안 묻히는 걸로 유명하잖아."

그게 무슨.

"몰랐어? 쟤네 집… 진짜 부자거든."

최성훈이 목소리를 낮추며 작게 속삭였다.

"유명했어, 작년에도. 너도 들었지?"

"전교에 모르는 애가 없을 건데."

"내가 몰라."

"어어, 괜찮아. 기대도 안 했어."

워낙 학교에 잘 안 나왔던 신서진이라 금세 납득한 건지 최성훈은 고개를 끄덕이고선 설명을 이었다.

탄탄한 뒷배경에 어렸을 때부터 이쪽 진로에만 집중하라고 지원을 꽉꽉 해 줬단다.

거기에 용돈도 끊긴 적이 없었으니 굳이 이 시기에 아르바이트를 할 이유가 없다는 설명과 함께.

무언가 있는 듯한 추측이 이어졌다.

"저런 거 할 애는 아닌데."

"그렇지?"

"다른 때면 모를까……. 월평 준비하기도 바쁠 시간이잖아."

여느 예고도 다 그러하지만, 서을예고는 비싼 학비 때문에라도 어느 정도 형편이 되는 학생들이 대부분 다닌다.

그중에서도 잘살기로 유명한 이유승이 아르바이트라니. 걱정이 될 수밖에 없는 문제였다.

잠시 움찔거리던 이다영도 중얼거렸다.

"진짜… 무슨 일 있는 거 아니야?"

"되게 힘들어 보이던데, 요새."

신서진은 이유승에 대한 기억을 곱씹었다.

어쩐지 요새 안 보인다 했더니, 연습이 아니라 여기 있을 줄은 몰랐다.

뭐라도 힘이 되어 주고 싶은 마음은 있으나, 일부로 숨긴 거라면 여기서 마주치는 게 더 껄끄러울 터다.

최성훈은 목소리를 낮추며 고개를 숙였다.

"하, 어떻게 할까?"

*   *   *

월말 평가에 올인해도 부족한 시간이다.

어려서부터 피아노, 태권도, 단소, 연기까지. 뭐, 안 배워 본 사

교육이 없어서 그나마 먹고 들어가는 주제긴 했지만, 서울예고 학생들이라면 그 정도는 다들 배웠을 터.

자꾸만 초조해졌다.

이유승은 짙은 한숨을 내쉬며 바코드를 찍고선 손님을 내보냈다.

"안녕히 가세요."

오전에는 수업, 오후에는 연습. 끝내고 와서는 아르바이트까지.

몸이 갈려 나가도 이상하지 않을 스케줄이다.

미성년자인데 야간 근무도 시켜 준다는 조건으로 몰래몰래 일하고는 있지만, 그 때문에 최저임금도 제대로 못 챙겨 받고 있는 상황. 그런데도 잡을 동아줄이 이거밖에 없는 터라, 별달리 할 수 있는 일이 없었다.

이유승은 휴대전화를 꺼내 쌓인 문자를 확인했다.

유쾌한 소식들은 하나도 없었다.

그도 그럴 것이, 기숙사가 없었으면 당장에라도 나앉게 생겼으니까.

교복비만 해도 다른 학교를 훌쩍 뛰어넘는 명문 예고. 거기에 학기당 수업료를 생각하면 벌써부터 머리가 지끈거려 온다.

그렇게 잘나가다가 사업은 왜 해 가지고.

아니, 지금 가족을 탓할 때가 아니다.

"장학금."

이번 학기 월말 평가 합산 10등 안에 들지 않으면 정말 가망이 없는데.

남들이 앞서 나갈 시간에 이러고 있으니 울적해지기만 한다.

"후우……."

이럴 때 달달한 거라도 하나 먹으며 기분이 좀 나아지려나.

이유승은 창고 정리를 하며 속으로 중얼거렸다.

그때였다.

획—

뭐가 지나간 듯한 느낌이 들었는데?

이유승은 계산대 쪽으로 나와 고개를 두리번댔다.

인기척이 있던 자리에는…….

"음?"

웬 초콜릿 하나가 놓여 있었다.

아까 전만 해도 세상을 잃은 표정으로 처져 있던 이유승의 입가에도 미소가 맴돌았다.

"하, 뭐 하루 이틀 있는 일도 아니고. 이 얼굴에 누가 또 반해서……."

이유승은 피식 웃으며 누가 두고 간 초콜릿 하나를 집었다.

누군지는 몰라도 이걸 놓고 도망간 걸 보니 상당히 소극적인 모양이다.

"마음에 들었으면 와서 말을 걸지."

크흠.

이유승은 어깨를 꼿꼿이 펴고선 흐뭇하게 포스트잇을 내려다보았다.

하트 포스트잇 위로 삐뚤빼뚤하게 써 놓은 글씨.

─먹든가)(

초콜릿은 다 좋은데…….

이유승의 표정이 오묘하게 일그러졌다.

"이거… 완전 남자 글씬데?"

뭔가… 뭔가 꺼림칙했지만.

선입견은 가지지 않기로 했다.

"에이, 설마."

이유승은 떨떠름한 표정으로 초콜릿을 주머니에 넣었다.

*　　　　*　　　　*

"후하후하, 안 들켰겠지?"

최성훈은 거친 숨을 몰아쉬며 편의점 뒤편에 숨었다. 창고 정리를 하고 있지 않았더라면 들킬 뻔했다.

유민하는 어이없다는 듯 웃으며 퉁명스레 내뱉었다.

"글씨는 내가 쓰는 게 나았을 거라니까?"

"나도 잘 써. 한석봉 뺨친다고."

"아이고, 그러셨어요?"

"그래도 맛있게 먹지 않을까? 아이디어 죽여줬다, 인정?"

"인정! 바쁠 텐데 힘내라고 줘야지, 같은 팀인데."

"크으, 맞지."

그리고 그걸 물끄러미 지켜보고 있던 이다영은 두 눈을 끔뻑이며 조용히 읊조렸다.

"초콜릿은 내 건데… 지들이 생색을 내네……."

*　　　　*　　　　*

늦게까지 버티는 편인 학생들조차 잠을 이기지 못하고 기숙사로 돌아간 새벽.

이유승은 어둑한 연습실의 불을 켜고 피아노 앞에 앉았다.

이번 월말 평가 때 반드시 10위 안에 들려면 한두 시간 자는 한이 있어도 오늘의 연습은 끝내야 했다.

금방이라도 몰려올 거 같은 졸음을 카페인으로 떨쳐 내며 간신히 악보를 펼쳤다.

리스트의 피아노협주곡. 서을예고의 실용음악과는 아이돌 위주의 수업을 진행하긴 하지만 악기 연주, 보컬, 창작 무용까지 다양한 방면에서의 교양을 필요로 하기 때문에 입시곡으로 이 정도 난이도의 곡을 배워 온 학생은 많을 터였다.

그 사이에서 경쟁력이 있으려면 완벽할 수밖에 없었다.

한 음 한 음의 강약은 적절하게, 세기와 분위기도 원곡자가 짜 놓은 초기의 설정 그대로.

같은 곡이어도 누가 치느냐에 따라 전혀 다른 곡이 탄생한다.

이름 있는 피아니스트와 평범한 입시생이 나란히 같은 곡을 쳤을 때, 그 음악이 전하는 울림이 다른 이유도 이와 같았다.

일반인이 캐치하기 어려운 사소한 디테일.

그 까다로운 디테일에 누구보다 집중하는 것이 주영준 선생이다.

그렇기에 상대적으로 시간이 부족한 이유승의 입장에선 이 곡 하나를 완벽히 통달하는 데 모든 시간을 쏟아부어야 했다. 유승은 이를 악문 채 스스로를 몰아쳤다.

"다시."

"……."

"하, 이것도 아닌데. 다시."

아무도 오지 않는 연습실을 홀로 지키면서, 같은 구간을 수십 번 반복했다.

원곡의 완전한 그 느낌을 살리기란 결코 쉬운 게 아니었으니까.

유승은 악기 연주에는 큰 흥미를 느끼지 못했다. 어려서부터 배웠으니 적당한 기본기는 있는 수준, 겨우 그 정도였다. 하지만, 지금은 달랐다.

무대에 서는 게 좋았다.

그 무대에 서기 위해서는 그냥저냥 넘어갔던 이번 월말 평가에 온 힘을 다해야 했다.

예전처럼 자신 있는 안무 파트에만 힘을 쏟아서는 최종 10위 안에 들기 벅찰지도 몰랐다.

악을 쓰고 올라오는 A반 친구들이 한둘이 아니었으니까.

"한 번만 더."

쾅.

식은땀이 줄줄 흐르는 와중에도 유승은 차마 피아노에서 손을 떼지 못했다.

이미 조금씩 떨려 오는 손가락 때문에 힘에 부쳐 왔지만 이대로 놓을 수는 없었다.

겨우 사흘. 이제 시간도 없는데.

"하……. 제발."

쾅. 쾅. 쾅.

유승의 간절함이 고스란히 녹아내린 연주. 그럼에도 여전히 그가 바라는 수준까지 통달하지 못한 부족한 연주.

그의 머리칼에서 비 오듯 땀방울이 흘러내렸다. 거친 숨을 내쉬며 쓰러질 지경으로 스스로를 몰아치던 순간이었다.

탁.

누군가의 손길이 멈추지 않는 그의 손목을 잡았다.

"그 정도면 완벽한걸."

"어……?"

언제 왔는지도 모르게 인기척 없이 다가온 얼굴은 뜻밖에도.

"신서진?"

유승은 놀란 얼굴로 자리에서 벌떡 일어났다. 덜덜 떨려 오는 손을 뒤늦게 등 뒤로 숨기고선 애써 미소를 지어 보였다.

"무슨 일이야, 이 시간에?"

"무리는 안 하는 게 좋을 거 같은데. 1년 쓰고 말 손목은 아니잖아."

"하하……."

귀신같네.

이유승은 어색하게 웃으며 별일 아니라는 듯 손목을 털어 보였다.

"나도 모르게 집중하다 보니깐. 근데 이 시간까지 연습하고 있는 네가 할 소리는 아닌 거 같은데."

"나는 튼튼해."

"…어련하시겠어."

어차피 신이니 별로 눈을 붙이지 않아도 덜 피곤하다. 그걸 알 리 없는 유승은 허세라는 듯 웃어넘겼지만 말이다.

간절한 건 이쪽도 마찬가지였다. 전직 음악의 신이라는 타이틀 덕인지, 음악 감각은 타고났지만 낯선 악기를 다루는 것이 마냥 쉬운 일은 아니었다.

이리 시간을 쪼개어 연습을 하고 있는 이유도 그래서였다.

편곡에 상당한 시간을 쏟아부었기 때문.

유승은 고개를 까닥이며 건너편 의자를 손으로 가리켰다.

원래 연주 수업이 이뤄지는 교실이라, 2인용 피아노가 널찍이 놓여 있었다.

"너도 쳐 볼래?"

"네가 치면 따라서 해 볼게."

뭐지, 이 허세는.

유승은 피식 웃으며 고개를 끄덕였다.

지난번 성주한과의 일대일 매치에서 난해한 편곡으로 압승을 거두긴 했지만, 아예 처음 듣는 곡을 그 자리에서 따라 칠 수 있으려나.

무슨 곡을 연주할 줄 알고.

마지막으로 신서진의 연주를 들었을 때만 해도 기본기는 충분했지만, 기술적인 면은 아직 부족한 상태였다.

곡을 해석하고 접근하는 능력은 뛰어나다.

하지만, 미리 준비해 둔 곡을 벗어나면 흔들릴 수밖에 없는 것이 그의 경험치.

원래 피아노도 제대로 못 치던 몇 주 전의 모습을 떠올리면 유승의 예상이 틀린 것도 아니었다.

문제는, 그의 성장 속도가.

인간이 상상할 수 있는 범위를 한참 뛰어넘었다는 것.

"어?"

"……."

"어어?"

띠리링.

통통 튀는 음의 템포를 높이자 저쪽도 밀림 없이 따라온다.

처음 듣는 노래라면서 다음 진행을 예상하듯 놀라운 반응속도를 선보인다.

몇십 번을 연습해도 계속 막히던 구간조차 한 번에 실수 없이 성공해 낸다.

더욱 놀라운 건.

그 묘한 리드력에 이끌려 자신도 실수를 하고 있지 않다는 점이었다.

원래대로라면 이 곡은 자신이 이끌어야 했다.

그런데, 신서진은 자유자재로 여유롭게 유승의 멜로디를 따라오며 심지어 튼튼하게 받쳐 주고 있었다.

"이게 가능해?"

본 지 며칠이나 지났다고.

"…미친."

곡을 완주하자마자 유승은 흥분한 얼굴로 제자리에서 튀어 올랐다.

"어우, 깜짝이야."

"어디서 배운 거야?"

이니, 어디서 제대로 배울 시간도 없었겠구나.

대치동 1타 강사설보다는 신서진의 천재설이 더 일리 있다고 판단한 이유승은 질문을 바꿨다.

"너, 천재야?"

"약간… 그런 면이 없잖아 있지?"

평상시라면 재수 없다며 욕부터 던졌겠지만 유승은 감격한 얼굴로 고개를 격하게 끄덕였다.

"맞아, 너 천재야."

"갑자기?"

"몰라봐서 미안하다."

심지어 악수까지.

얼떨결에 악수를 받은 신서진은 영문을 모르겠다는 듯 고개를 갸우뚱해 보였다.

아폴론의 〈야너인싸〉에 따르면 인간이 갑자기 바뀌는 데에는 세 가지 이유가 있다고 하던데.

우선 첫 번째.

"멀쩡한 걸 보니 간판에 맞은 건 아닌 거 같고."

그럼 두 번째.

"죽을 날이 다가와서, 아냐. 너 되게 오래 살 거야. 내가 알아."

"……?"

아직 데려갈 때가 아닌 창창한 친구다.

그렇다면…….

신서진은 납득하며 마지막 이유를 댔다.

"나한테 보증 서 달라고?"

"응?"

"아, 그건 좀……."

"…무슨 미친 소리야!"

스틱스강에 맹세한 상태로 보증을 서 주게 되면 그건 좀 곤란해진다.

신서진이 안 될 말이라며 작게 중얼거리는 사이, 유승은 지끈거리는 머리를 붙들고 고민했다.

도와 달라고 하고는 싶은데, 장학금 얘기를 꺼내기엔 면목이 서질 않는다.

상황 설명부터 해야 하나. 아니면 그냥 다짜고짜 도와 달라고…….

"그러면 열심히 연습하고, 다음에 보자. 보증은 안 돼, 인간한텐 안 서 줘."

"잠깐만!"

"그렇게 매달려도 안 들어줄……."

아차.

저도 모르게 팔부터 잡고 늘어지고 있었던 유승은 흠칫 놀란 얼굴로 자세를 고쳤다.

너무 추잡스러워 보이니까 최대한 점잖게.

"도와줘."

"보증?"

얘는 아까부터 결론이 왜 저따위야.

유승은 순간 도움을 구하고 있는 자신의 지위를 망각한 채 험한 말을 뱉어 버렸다.

"아니, 미친놈아. 월말 평가 도와 달라고."

"……."

"아아악, 한 번만!"

                    *   *   *

'하, 어떡하지. 타고난 건데.'

신서진은 몇 분 동안 재수 없는 소리를 늘어놓고선 홀연히 떠났다.

몇 번 둥둥 피아노를 선보인 게 전부.

아, 그 자식. 역시 믿는 게 아니었다.

나름 열심히는 도와줬지만 가르치는 데는 전혀 소질이 없어 보였다.

뭔 설명을 할 때마다 같은 말의 반복이다.

'아니, 이게 딱. 머릿속에서 안 그려지나?'

'…그려지겠냐고.'

'손이 여기서 왜 꼬여? 알아서 막 움직이지 않나?'

'야!'

유승은 새삼 자신의 과거를 돌아보게 되었다.

안무 수업 때마다 불쑥불쑥 던져 댔던 말을.

'아, 이걸 왜 못하지. 나, 참 이해가 안 되네.'

'…망할.'

'안 되겠다. 다른 방법으로 도와줄게.'

"나 많이 재수 없었겠구나……. 하."

뭘 도와주겠다는 건지는 모르겠지만, 어느덧 월말 평가 전날이 찾아오고야 말았다. 이번에도 유승은 뜬눈으로 밤을 샌 채 연습실에 홀로 남겨져 있었다. 고된 연습으로 몇 번 졸았지만 이 정도면 할 수 있는 한 최선을 다했다.

그래서일까.

연습은 순항을 달리고 있었다.

특히 마지막 날.

오늘따라 시간이 천천히 흘러가는 기분이랄까.

단 1초도 상념에 잠기지 않은 채 피아노만 치며 보낸 새벽이었다.

"희한하네."

마지막으로 한 번만 더.

유승은 콧노래를 흥얼거리며 다시 피아노 위에 손을 얹었다.

어제까지만 해도 조급함에 자꾸만 실수했었는데, 오늘은 쫓기지 않는 심정으로 여유롭게 곡을 연주할 수 있었다.

만족스러운 연습.

월말 평가도 이렇게만 하면 좋을 텐데, 싶을 정도로.

유승의 두 손이 미끄러지듯 건반 위를 질주했다.

단 한 번도 끊기지 않는 완벽한 연주는 그가 갈아 넣은 연습의 결과물이었다.

그리고, 이토록 집중이 잘되는 새벽 시간의 묘한 매력 덕분.

"아니, 근데 오늘따라 더하네."

마치 이 시간이 자신을 위해 주어진 것처럼 유승은 흥에 겨워 피아노에 집중했다.

그렇게 몇 시간 같은 한 시간이 더 흘렀을 때쯤.

"후우……."

유승은 공기가 미묘하게 바뀐 듯한 기분에 고개를 들었다.

"벌써 시간이 이렇게 됐나."

누가 보면 연주에 빠져서 시간이 흘러가는 줄도 몰랐던 대단한 음악가인 줄 알겠다.

유승은 피식 웃음을 흘리며 창밖을 내다보았다.

그새 어스름하게 해가 뜨고 있는 창밖으로 새소리가 들려왔다.

유승은 천천히 창틀로 다가서 창문을 열었다.

그를 감싸고 돌던 정적이 깨지고 꿈과 같던 현실로 돌아온 듯 생생한 바람.

그럼에도 그의 손은 어젯밤의 연습을 몸으로 기억하고 있었다.

이 정도면 됐다.

10등 안에 들 수 있을 거라는 자신감이 뒤늦게 샘솟기 시작했다.

몇 시간 안 되는 그 짧은 시간을 쪼개어 만들어 낸 이 결과물.

스스로에게 뿌듯해 죽을 지경이었다.

그때였다.

툭.

바람에 실려 날아온 웬 편지 봉투에 유승은 놀란 눈을 끔뻑였다.

창틈에 꽂혀 흔들거리는 편지 봉투.

뭐야, 꿈인 것처럼 일이 술술 풀리나 했더니 진짜 꿈이었던가.

갑자기 하늘에서 웬 편지가 떨어져?

스윽.

유승은 얼떨떨한 표정으로 편지 봉투 안의 두툼한 편지를 꺼내었다.

"나뭇가지에 걸려 있던 게 떨어진 건가."

뭐, 정말 꿈처럼 대단한 초대장이나 있을 줄 알았더만.

예상외로 별 내용이 없었다.

무슨 고대 명언 같은 내용만 길게 적혀 있었을 뿐.

기회의 신…….

"카이로스?"

그게 누구야.

누가 실수로 위에서 떨궜었나 보네.

"아으, 월말 평가 준비나 마저 해야지."

유승은 피식 웃으며 기지개를 켰다.

*　　　*　　　*

〈신스타그램〉

내가 벌거벗은 이유는 쉽게 눈에 띄기 위함이고

나의 앞머리가 무성한 이유는 사람들이 나를 보았을 때

쉽게 붙잡을 수 있게 하기 위함입니다.

나의 뒷머리가 대머리인 이유는 내가 지나가고 나면

다시는 붙잡을 수 없도록 하기 위해서이며

날개가 달린 이유는 최대한 빨리 사라지기 위해서입니다.

나의 이름은 바로 '기회'입니다.

─라고 말씀하신 현명하고 지혜롭고 잘생기신 분의 연락을 기다립니다.

〈시간이 느리게 가는 권능─기회의 시간〉 구함 ─by 헤르메스

카이로스: 바로 간다

└헤르메스: 감사함!

└카이로스: 효과 어때?

└헤르메스: 짱짱

Chapter. 2

월말 평가 당일.

월말 평가는 A반 한정으로 공개적으로 열렸다. 기존에 공지되었던 대로였다.

모처럼 만의 공개 행사. 당연하지만 관객과 기자들이 이미 떼로 몰려 있었다. 상황이 이러니 찬밥 신세가 되어 버린 B반과 C반 학생들은 관객석에 병풍처럼 앉아 있을 뿐이었다.

때로는 그 신세에 불편해하고, 때로는 동경심을 느끼게 될 자리.

학생들은 저마다의 방식으로 첫 월말 평가를 기다리고 있었다.

그것은 뒤편의 기자들 역시 마찬가지였다.

서울예고의 졸업생들이 매년 데뷔해 좋은 성과를 거두고 있기 때문에, 연예부 기자들은 차세대 스타를 맞이하는 기분으로 두 눈을 반짝이며 무대를 주시하고 있었다.

"2학년은 백 프로 연준가?"

"확실히 축제나 종합 평가가 기사 쓰기는 편한데. 내가 무슨 클래식 공연에 온 것도 아니고."

"그래도 축하 무대 공연은 있다잖아요."

"3학년 애들이 뽑아 먹을 기사가 많다니까. 이번에 데뷔 앞두고 있는 제이도 있고."

"아, 그러네. 이쪽은 볼 만하겠어."

찰칵찰칵.

어느덧 차례는 이번 행사의 메인인 학생들의 월말 평가로 돌아갔다. 이번 월말 평가 과목은 3학년이 댄스, 1학년은 보컬이었으니. 2학년의 연주 무대는 기자들에게 주목도가 떨어지는 편이었다.

연주 전공으로 뚜렷한 두각을 드러내는 학생들은 주로 일반 예고에 갔을뿐더러, 피아노 연주 특성 자체가 시각적으로 자극적인 기사를 뽑아내기엔 어려운 부분이 분명히 있었으니까.

그럼에도 그들이 관심을 가지는 몇몇 요주의 인물이 있었다.

"성주한, 저 친구야 원래 유명하니까."

"그럼요. 사실 애 무대 보러 온 거나 다름없지, 2학년 중에서는."

어려서부터 각종 해외 콩쿠르에 이름을 올려 유명세를 탔던 성주한. 돌연 아이돌을 하고 싶다며 서울예고로 진학해 화제가 되긴 했지만, 피아노 연습을 게을리하지는 않았던 모양인지 수준급의 연주가 이어졌다.

"잘하네."

"역시 성주한이다. 기대를 저버리지 않아."

짝짝짝.

보나마나 이번 월말 평가의 탑5 안에는 들 녀석이기에 별 긴장감 없이 무대가 끝났다. 좁은 공간을 가득 메운 박수 소리에 뿌듯한 얼굴로 물러선 성주한은 지난번 수업 때보다 훨씬 발전된 기량을 선보이고 내려갔다.

그 외에 기자들이 원래 눈독을 들이고 있던 유민하나 허강민 같은 A반 모범생들이야 두루두루 빠지는 데 없이 모든 과목을 상위권 수준으로 해냈고. 이만하면 연주 수업에 두각을 보이던 친구들은 어느 정도 내려갔나 싶을 무렵.

기자들의 눈에 익숙한 얼굴이 들어왔다.

"이유승?"

"아, 저 친구 유명하지."

"피아노는 그저 그러려나?"

댄스 천재로 서울예고의 탑의 자리를 줄곧 노려 왔지만, 이번 월말 평가 주제에서는 평균 이상만 되어도 모자람이 없을 정도. 원래 그의 분야와는 전혀 다른 파트다 보니 다들 크게 기대감은 없었다.

"사진이나 몇 장 찍어 놔. 화제성은 확실하니까."

"아, 그래야죠."

찰칵. 찰칵.

다들 별생각 없이 이유승의 연주를 대기하며 쓸 만한 포토를 건지고 있던 순간.

혼을 갈아 넣은 이유승의 연주가 시작됐다.

동시에, 분주하게 깜빡이던 카메라의 불빛도 그대로 멈췄다.

"어?"

리스트의 피아노협주곡. 이 바닥에 조예가 있는 사람이라면 한 번쯤 들어 봤을 수준 높은 입시곡이지만, 뭔가 달랐다. 선곡까지는 비록 평범했을지라도, 그걸 치는 유승의 모습은 전혀 평범하지 않았다.

사소한 디테일도 놓치지 않겠다는 듯 무대에 영혼까지 갈아 넣은 눈빛.

숱한 댄스 무대에서도 보지 못했던 간절함이 녹아 들어가 있었다.

"원래… 저렇게 잘했었나?"

"말도 안 돼."

프로나 다름없는 성주한의 무대에서도 느끼지 못했던 열기가 이유승의 손끝에서 타올랐다. 얼마나 열심히 연습했는지 손목이 시큰거릴 지경까지 혹사시킨 보람이 없는 것은 아니었다.

더욱이 지난 새벽에 얻은 기회의 여유가 느껴지는 완벽한 연주.

이건 고등학생의 수준이 아니다.

춤도 잘 추는 녀석이 웬 피아노까지……

멍하니 입을 벌리고 있던 선배 기자는 뒤늦게 돌아온 정신으로 재촉했다.

"뭐 해, 일단 찍어 봐."

"어… 어! 알겠습니다!"

"와, 진짜 대박이다 이거."

하지만, 아직 놀라기는 일렀다.

이번 2학년의 월말 평가는 다른 학년의 퍼포먼스에 밀리기엔 너무 완벽한 라인업을 지니고 있었으니까.

"다음은 신서진 학생, 올라와 주세요."

"쟤는… 또 누구야?"

*　　　　　*　　　　　*

학교 내에서야 능력 없는 문제아 신서진으로 이름을 알렸지만, 외부 기자들의 시선에는 당연히…….

존재감 없는 뉴 페이스, 그뿐이었다.

그간의 화려한 라인업에 비하면 호응이 확연히 줄어든 것도 그 이유 때문일 것이다.

하지만, 서울예고의 교사들은 달랐다.

이번 월말 평가의 심사 위원을 맡고 있는 주영준 선생은 그 누구보다도 예리한 눈빛으로 안경을 들어 올렸다.

'천재가 맞아.'

왜 그걸 이렇게 늦게 깨달았나 싶을 정도로.

처음 A반에 진급했을 때, 의외라고만 생각했다. 혹은 운이든가.

하지만 거의 한 달이 지나가는 지금, 신서진을 보는 그의 시선은 완전히 바뀌었다.

잘못 봤다, 사람을. 그것도 아주 제대로 잘못 봤다.

자신의 무능함을 탓할 수밖에 없었다.

무슨 마음을 먹고 이 험난한 예고에 다시 돌아왔는지는 아직도 궁금하지만, 지금까지 신서진이 보여 준 면모를 생각하면 떠오르는 생각은 하나였다.

아마 그동안 그를 억눌렀던 환경 탓에 제대로 재능을 펼치지 못했던 게 아닐까.

하마터면 저런 원석을 그대로 묻어 둘 뻔했다니.

이유승의 공연은 분명 예상외로 훌륭했지만 오히려 그걸 보고 나니 그의 기대감은 한층 높아졌다.

과연, 신서진은 어떤 무대를 선보일까.

"……."

부디 바라는 만큼의 무대를 자신에게 들려주기를.

주영준 선생은 눈을 살짝 뜨고선 차트를 확인했다.

〈성냥팔이 소녀, 불놀이―편곡〉

성냥팔이 소녀는 무슨 의미인지 모르겠고, 불놀이는 이런 피아노에는 그닥 어울리지 않을 곡일 텐데.

'하긴, Walking the rain에서 빗소리만 따 내던 독특한 녀석이니까.'

일단은 믿어 보자.

주영준 선생은 신서진이 뭘 보여 준다 해도 놀라지 않을 준비가 되어 있었다.

그런데.

"응?"

놀라 버렸다.

"……!"

"뭐야, 저게?"

웅성웅성.

처음에는 조근조근 들려오던 말소리가 첫마디 후에는 고요한 침묵으로 변했다.

신서진의 손이 부드럽게 건반을 쓸자마자, 사방에서 탄성이 튀어나왔다.

강렬한 드럼 비트로 흥을 돋우던 EDM 스타일의 원곡, 불놀이.

드럼 비트도 빼고, 신시사이저 음도 뺀다면. 과연 원곡의 매력을 살릴 수 있을까.

절대 못 한다. 그렇게 단언하며 노래를 들었는데…….

매끄럽게 이어지는 저 리듬은 불놀이의 메인 멜로디를 또렷이 살려 내고 있었다.

그것도 전혀 다른 분위기로.

해가 뜨기 전, 가장 어둑한 새벽을 음악으로 담아낸 듯한 묘한 신비로움.

불놀이를 완전히 재해석한 듯한 신서진의 연주는 가사가 없는 연주에 가사를 만들어 냈다.

파워풀한 리듬으로 자신의 패를 하나씩 꺼내 보였던 것이 원곡의 매력이었다면, 이건 아니다.

상처받은 내면을 숨기려 자꾸만 멀어지듯 도망치는 연주.

오른손이 만들어내는 멜로디를 왼손이 추격하듯 따라간다.

처음에는 잔잔한 숲속에서 들을 법했던 평화로운 연주가 이어졌지만, 불놀이가 하이라이트로 치닫는 순간 곡의 분위기는 180도로 바뀌게 된다.

춥고, 배고프고, 서글픈.

가사 없이는 결코 표현하지 못할 거라 생각했던 그 복잡한 감정들이 물밀듯이 밀려온다.

겨우 이 짧은 연주에.

주영준 선생은 무대와 멀찍이 떨어진 그의 자리에서, 희한한 장면을 마주했다.

첫째는 불놀이의 가사가 들리는 듯한 환청.

둘째는 성냥팔이 소녀의 한 장면이 그려지는 듯한 환각.

음악으로 만들어 낸 달콤한 환영이 허공에서 선명하게 그려지고 있었다.

짧은 시간에 준비했을 거라곤 믿기지 않는 세련된 편곡. 낯선 접근법을 떠나 연주의 완성도 자체가 비교가 안 될 정도로 올라갔다.

"……."

숨소리조차 들리지 않는 강당에서 주영준 선생은 아랫입술을 지그시 깨물었다.

이제야 알았다.

이 곡의 제목이 왜 〈성냥팔이 소녀〉인지.

아니, 제목을 보지 않았더라도 그는 이 제목을 떠올렸을 것이다.

전혀 어울리지 않을 것 같은 두 타이틀임에도, 신서진은 그 둘을 완벽히 어우러지게 했다.

'말이 되나?'

2주 만에 준비한 연주가 이런 퀄리티라는 것이.

뮤지컬도 아니고 연극도 아니고, 뮤직비디오도 아닌 방식으로.

이토록 완벽하게 동화의 한 장면을 멜로디에 실어 넣을 수 있다는 사실이.

주영준 선생은 믿기지 않았다.

"미쳤어……."

사진을 남기는 것도 잊은 기자들과 쉽게 말을 잇지 못하는 서울예고의 학생들.

조금의 흠도 찾아볼 수 없는 무대가 끝이 나고, 신서진이 자리에서 일어선 후에야.

"……"

아, 이럴 때가 아니지.

멍하니 서 있던 주영준 선생이 뒤늦게 박수를 치기 시작했다.

평가를 할 시간이었다.

*   *   *

어디서부터 어떻게 말을 해야 할까.

주영준 선생은 신서진의 무대를 지켜보면서 고민했다.

보컬도 그렇고, 편곡도 그렇고.

신서진은 남들과 접근법 자체가 다르다.

해당 곡에 대한 편견 자체가 없는 느낌.

가요인 '불놀이'와 고전 동화인 '성냥팔이 소녀' 속 이미지를 섞는 것이 결코 쉽지 않았을 텐데.

아니, 애초에 힙합 베이스의 펑키한 선곡을 피아노로 살리는 건 더한 난이도였다.

아마 음악을 잘 아는 사람이라면 시도하지 않았을 편곡이다.

실력 좋은 연주자가 저런 방식의 편곡을 하지 못한다는 건 아니다.

하지만, 아는 게 많아질수록 인간들은 한정적인 판단을 내린다.

더 쉬운 길이 있는데.

쉬우면서도 돋보일 길이 있는데,

심지어 그 자체로도 충분히 깔끔하고 멋들어진 편곡인데.

뭐 하러 모험적인 방식을 택하지?

만약 이번 월말 평가 전 신서진이 주영준 선생의 피드백을 받았더라면, 그는 같은 점을 지적했을 것이다.

피아노 연주잖아.

왜 그 곡을 골랐어?

초보자가 살리기엔 어려울 텐데.

가사가 있는 곡도 아니고, 짧은 피아노곡에서 스토리를 담기란 불가능에 가까울 일인데.

그걸 자신이 하라고 떠밀었을 리가 없다.

하지만…….

세상은 결과만 기억한다.

지켜보면서 조마조마할 정도로 모험적인 시도였으나.

해냈으면 된 거다.

신서진의 연주는 무지에서 비롯된 참신함이었다.

참신함이란 늘 그러하듯 익숙함으로 변화할 때, 새로운 역사를 써 내려간다.

방금 신서진의 연주에 그 정도의 찬사를 얹는 건 어색할지 몰라도, 주영준 선생은 감히 그렇게 생각했다.

테크닉이 쌓이고, 코드 변환이 익숙해지고.

곡의 분위기를 잡아 가는 데에 막힘없어지는 순간이 오면.

그때까지 지금의 참신함을 잃지 않았다는 가정하에.

신서진은 새로운 역사를 써 내려갈 것이다.

주영준 선생은 확언하듯 마이크를 잡았다.

"내 생에서 본 피아노 연주 중 가장 완벽했다."

그거면 됐다.

더 이상의 칭찬이 필요 없는 무대였다.

＊　　　　＊　　　　＊

무대를 끝내고 내려오자마자 찬사가 쏟아진다.

"서진아, 우리 친하게 지내자!"

"네 이름도 모르는데."

"나랑도! 혹시 방과 후에 시간 돼? 네가 친 곡이 좀 궁금한데."

"불놀이. 음원사이트에 있더라."

"……."

신서진은 친하지 않은 녀석들까지 달라붙는 걸 보고 별 대꾸 없이 무대 아래로 내려갔다.

웬만한 무대에는 칭찬 없이 견제만 하는 A반 녀석들이다. 저들이 저렇게 반응하는 걸 보아하니, 이번 무대는 꽤 성공적이다.

그보다 신서진의 시선을 빼앗는 건 따로 있었지만 말이다.

"역시 기자들."

"어?"

"나는 기자들이 너무 좋아."

"갑자기?"

제 무대를 인상 깊게 봐 준 건지 빛의 조각들이 많이 모였다.

저 녀석들의 눈에는 보이지 않겠지만 지팡이가 환하게 빛나고 있다. 신서진은 흐뭇하게 웃으며 자리에 착석했다.

그러자, 옆에 있던 최성훈이 호들갑을 떨며 말을 얹었다.

"좋겠다, 탑10은 따 놓은 당상일 거고. 아니다, 이번에야말로 네가 1등 먹는 거 아니야?"

1등을 하든 10등을 하든 원래의 목표는 달성했으니 더 바랄 것은 없고.

신서진은 싱긋 웃으며 대답했다.

"나 잠시 쉴게."

"어어, 그래. 아, 나도 내 무대 준비해야 하는데……."

"응, 잘하고 와라."

신서진은 어기적어기적 무대 뒤편으로 향하는 최성훈의 뒷모습을 바라보았다.

대충 손을 흔들고선 최성훈을 따라 자리를 떴다.

무대는 끝이 났고, 이제 남은 건 다른 A반 녀석들을 위한 응원뿐.

가만히 앉아만 있다 보니 여간 무료한 게 아니라…….

신서진은 각종 촬영 장비들로 막혀 있는 복도를 지나 화장실 옆에 서서 신스타그램에 접속했다.

"아윽……."

지팡이와 마찬가지로 이 화면이 평범한 인간들에게 보일 일은 없겠지만 혹여 이상해 보일까 봐 벽에 등을 붙인 채였다.

통 바빠서 최근엔 들어가지도 못했다.

요즘은 여기도 제법 조용한 것 같던데.

아폴론의 〈야너인싸〉를 이을 한국 생활 적응 카드 뉴스나, 매번 새롭게 업데이트되는 최신 소식을 보려면 주기적으로 들어가 줘야 한다.

음…….

앱을 업데이트했더니 스팸이 많아졌다.

올림포스 전용 헬스장 오픈, 5월부터 영업 시작!

근손실 두려워하는 신들 환영. 아침저녁으로 쇠질할 사람 구함. by 헤라클레스

"이 친구는 참 한결같네."

지옥불 스파 여름 한정 개장.

이열치열의 정신으로 더운 여름을 극복하실 분 구합니다. by 저승의 신 하데스

이런 광고성 스팸 게시글 말고.

어디 쓸 만한 게…….

휙. 휙.

말 많은 신들 사이에서 쌓인 며칠 치 게시글들을 아무 생각

없이 넘기던 순간.

유쾌하지 않은 게시글 하나가 눈에 들어왔다.

"음?"

다른 게시글보다도 유독 댓글이 폭발한 익명의 게시글.

신서진은 두 눈을 동그랗게 뜨고선 게시글을 확인했다.

*   *   *

다들 몸조심하고 있지? 요새 올림포스가 영 흉흉하다는 소문이 돌아서.

신의 권력을 노리는 인간들이 늘어났다는 소식이 들려오던데.

오래 살았다고 막 나가지 말고 적당히들 몸 사려 ㅎㅎ 한 방에 훅 간다.

ㄴ무슨 일인데?

ㄴ뭔지 알려 줘야 알 거 아니야 ㅋㅋㅋ 이거 웃긴 놈이네

ㄴ이름 까라 기원전 몇 년생이냐

"이게 무슨……."

댓글만 100개, 아주 난장판이 났다.

익명의 글쓴이는 한참 동안 댓글을 달지 않다가 그중 하나에 의문의 댓글을 남겼다.

—무슨 수로 하찮은 인간이 감히 신을 노리냐?

ㄴ그러게ㅎㅎ그런데 요즘 그 친구 안 보이지 않아?

ㄴ누구?
ㄴ?????
ㄴ아테나

그 밑으로 쏟아지는 수많은 물음표들.

—뭐야, 진짜 신스타 비계로 돌렸나 본데
　ㄴ어디 갔는지 몰라?
　ㄴ연락 안 된 지 30년 정도 되었지
　ㄴ아냐, 나 5년 전엔 봤었다니까?
　ㄴ최근에 만난 신 진짜 없어? 지금도 연락이 안 되는 듯한데

미친.
이거 설마 진짜야?
어쩐지 커뮤니티 하면 환장하는 그 아테나가 신스타그램에 안
보이는 게 좀 이상하긴 했다.
찌라시면 좋겠지만, 이게 만약 진짜라면…….
침착하게 생각하자.
인간들이 신을 증오한 적이야 이전에도 몇 번 있었지만, 감히
신을 해칠 생각을 한 적은 없다.
더욱이 신의 존재조차 믿지 않으려 하는 이 평화로운 21세기에?
가만히 있는 우리를……?
침착하게 생각해 보니 역시 말이 안 되는 찌라시일 뿐이다.
"현실성이 없지, 현실성이……."

그리 확신하며 중얼거리던 순간이었다.

끼익.

철문이 열리는 소리와 함께 익숙한 이름이 뒤편에서 들려왔다.

심장이 쿵 소리와 함께 내려앉았다.

"신서진 어딨어?"

"아까 이쪽에서 본 거 같은데?"

이거 설마.

'나를 찾는 건가?'

'나를 왜 찾는 거지?'

분명 낯선 목소리다. 생판 모르는 이들이고.

그런 사람들이 한낱 서울예고의 고등학생에 불과한 자신을 찾을 이유가 없다.

신서진은 빠르게 머리를 굴렸다.

아까의 게시글이 겹쳐 보이며 피가 차갑게 식기 시작했다.

하물며 덧붙이는 말은 훨씬 더 싸하다.

"반드시 찾으라던데, 팀장님이."

"일단 여기 스윽 돌면서 찾아봐. 놓치지 말고."

"그만한 애 없다니까."

심호흡이 빨라지기 시작한다.

신서진은 한없이 나약해진 자신의 힘을 가늠했다.

기자들 덕에 모은 소량의 빛의 가루는 타인과 대적하기엔 턱없이 약한 상태였다.

거기에 전쟁의 여신으로 누구보다 호전적인 아테나가 정말 당한 거라면…….

'몸부터 피하자.'

신서진은 빠른 판단을 마치고 다급히 주변을 둘러보았다.

"⋯⋯!"

발소리가 조금씩 가까워진다. 이대로라면 진짜 들키게 생겼는데.

초조한 신서진의 시선에 움푹 꺼진 지하실 창고가 보였다.

저기다.

신서진은 촬영 장비가 어수선하게 널브러져 있는 무대 뒤편으로 몸을 던졌다.

"아악⋯⋯."

우당탕탕.

신서진은 한바탕 난리와 함께 곡소리를 내며 몸을 일으켰다.

우아하고 품격 있는 신의 지위는 진작에 꼬라박힌 뒤였지만.

"없는 거 같은데요? 애들한테 물어보러 가죠?"

다행히 녀석들이 멀어졌다.

신서진은 멀어지는 발소리를 들으며 가슴을 쓸어내렸다.

*　　　　　*　　　　　*

"아니, 진짜 어딨는 거야. 애가 공연 마치고 사라졌네."

"거의 귀신같죠?"

"내 말이."

긁적긁적.

밤샘 취재로 뻗친 머리를 정돈하며 뿔테 안경을 눌러쓴 남자가 투덜거리며 말을 뱉었다.

한동우 기자.

신서진의 우려와는 다르게 한평생 칼 대신 펜밖에 안 잡아 본 그가 울상이 된 채 발을 굴렀다.

"인터뷰도 못 따 왔다고 까이겠네, 하."

신선한 뉴 페이스에다 서울예고를 뒤집어 놓을 슈퍼스타를 직관한 기분이었는데.

아, 딱 이거다. 하는 삘이 왔단 말이다.

그때 딱 첫 번째로 인터뷰를 했어야…….

"어후, 왜 이렇게 되는 일이 없냐!"

서울예고, 음악의 신의 귀환.

화려한 타이틀 하나 걸어 놓고 조회수를 뽑아 먹을 수 있는 완벽한 기회였는데.

그걸 놓치다니.

하, 제발.

"신서진의 머리카락이라도 보고 가게 해 주세요……."

한동우 기자는 착잡한 심정으로 화장실 옆에 서서 중얼거렸다.

요 근처에서 왔다 갔다 하면 비슷한 녀석이라도 볼 수 있겠지.

그렇게 착잡한 심정을 달래는데, 마침 무대를 끝내고 나오던 여학생 하나가 황당한 표정으로 그의 앞에 멈춰 섰다.

긴 생머리에 반짝이는 눈동자.

아까 무대에서 봤던 얼굴이다.

서울예고 2학년, 보컬 천재로 이름을 날리고 있는 유민하.

한동우가 찾던 얼굴은 아니었지만 이내 그의 얼굴에 화색이

돌았다.

같은 학년에 같은 반이면 뭐라도 알겠지.

"신서진이라고, 너네 반에 있는 애 아니?"

"신서진이요? 걔 찾고 계세요?"

"어, 지금 좀 급해서. 그 친구 있는지 알아?"

어… 음…….

유민하는 말끝을 흐리며 고개를 갸웃거렸다.

그녀의 시선이 말없이 건너편을 향한다.

뭐, 열심히 찾을 것도 없었다.

유민하는 저편을 손으로 가리키며 어깨를 으쓱였다.

"저어기… 처박혀 있는데요?"

아니, 그게 무슨 소리야?

미심쩍은 표정으로 돌아선 한동우 기자는 이내 제 눈을 의심
했다.

"아… 슬슬 갔겠지? 후, 체면이 안 서는구만……."

촬영 장비에 파묻힌 채 허우적대고 있는.

웬 허접해 보이는 녀석이 눈에 들어왔다.

＊　　　　＊　　　　＊

[낯을 가리는 서울예고의 음악천재, 신서진]

나이는 18살, 누구보다 재능 있지만 아직은 카메라를 부끄러워하는
한 소년을 만나고 왔다.

서울예고의 3월 월말 평가에서 다른 학우들을 뛰어넘는 피아노 연주

로 기자를 놀라게 한 신서진 학생은 무대 밖에서는 예상외로 낯을 가리는 모습이었다.

신서진 학생, 이번 무대에 대한 소감 한마디만 들려 주세요.

▶ 가까이 오지 마세요.

이와 함께 어디서 알고 나를 찾아왔는지는 모르겠지만 조용히 살고 싶다, 라며 겸손한 뜻을 밝혔다.

인터뷰 한 번만 안 될까요?

▶ 오래 살고 싶습니다.

처음에 만남을 거부하던 신서진 학생은 이번 연주의 구성에 대한 음악적 질문에는 입을 열었다.

얼어 죽어 가는 성냥팔이 소녀의 비애와 끝까지 활활 타오르다 식어 간 마지막 불씨를 통해 프로메테우스의 위대함을 느낄 수 있었다는 자신의 철학적인 생각을 현대 가요를 통해 투영해 낸 연주였다고 한다. (기자는 이해하지 못했다.)

음악에 관한 자신의 철학을 당당히 표출해 낸 모습과 달리, 향후 계획에 대한 질문에는 평범한 학생의 모습으로 돌아왔다.

향후 활동은 어떻게 계획하고 계시나요?

▶ 주체하지 못하는 매력으로 자꾸만 인간들을 홀리게 되는 것이 유감이나, 억누르고 조용히 살겠다.

본인이 뭘 잘한다고 생각하시나요?

▶ 다 잘해요. 그렇다고 잡아가진 말아 달라.

잡아가진 말아 달라니, 순수한 학생다운 대답이 기자에겐 인상 깊었다.

아마도 팬들의 소장 욕구를 자극하는 포켓남의 정석이 아닐까…….

신서진 학생의 매력에 대해 더 알아 보고 싶다.

……

다음 날 기사 메인에 신서진의 이름이 올랐다.

신서진은 기사의 내용을 확인하고선 인상을 찌푸렸다.

"이게 왜 메인이야?"

비슷한 생각인 건 이유승도 마찬가지였다.

기사의 타이틀을 확인한 이유승이 떨떠름한 얼굴로 중얼거렸다.

"팬들의 소장 욕구를 자극하는 포켓남……. 이거 돌팔이가 쓴 거야?"

"술 한잔 거하게 마시고 쓰신 거 같은데. 이 대답에서 왜 이런 결론이 나와?"

더욱 심각한 것은 기사의 댓글 상태였다.

—저건 포켓남이 아니라 포켓X스터 아니냐고……. 왜 자꾸 도망가…….

ㄴ아 미친 ㅋㅋㅋㅋㅋㅋㅋㅋㅋㅋㅋㅋ

ㄴX스터볼에 잡아 두어야 해?

ㄴ연예계 최초 포켓X돌 ㅋㅋㅋㅋ

ㄴ인터뷰하면서 도망가는 애는 진짜 처음 보네

—얘… 좀 괜찮은 거 같아……. 생긴 건 내 취향임

ㄴ근데 뭐 저런 신인이 있나 화내면서 기사 읽다가 사진 보니 진짜 괜찮음

ㄴ진짜네

ㄴ서을예고는 귀신같이 저런 애들만 잘 뽑더라

ㄴ역시 명문 예고는 다르긴 한듯 SW엔터가 저기에 사활을 걸 었잖아 ㅋㅋㅋ

ㄴ얼굴도 그렇고 벌써부터 마케팅 들어간 것도 그렇고, 얘는 데 뷔하겠다?

ㄴ얘 소속사 있어? 언플하는 거임?

ㄴ이젠 별 애들을 다 밀어 주네 ㅋㅋㅋㅋ 서울예고 안 유명한데 그만 메인에 밀었으면

ㄴ뭐냐 이 열폭은

ㄴ여기서 데뷔한 연예인이 얼마나 많은데 안 유명하대 ㅋㅋㅋㅋ

—싫다면서 할 말은 다 하는 게 제일 어이없음 뭔가 귀엽다

ㄴ주체하지 못하는 매력 ㅋㅋㅋㅋ 아니 무슨;;

ㄴ왜 귀여운데 어때서

ㄴ딱 저 나이대의 순수함 아닌가

"내 나이대가······."

신서진은 제 나이를 세려다가 포기했다.

어찌 되었건 댓글을 보니 어지러운 것은 어쩔 수 없다.

"야, 야. 정신 차려."

유민하는 반쯤 얼이 빠진 신서진의 어깨를 손으로 툭툭 쳤다. 덕분에 정신이 좀 돌아왔다.

이름도 모를 이들한테 정신없이 뜯기려니 기가 보통 빨리는 게 아니다.

무엇보다도 가장 부끄러운 것은 이 상황 자체이다.

"내가 버리고 도망간 게 기자였다고······."

"어어, 대체 왜 도망간 거야? 딱 붙잡고 얘기를 했어야지."

"왜 그래, 덕분에 어그로는 확실히 끌렸는데."

"맞아……. 우리 학교 애들도 역시 너답다며 칭찬하더라……!"

이다영은 칭찬인지 욕인지 애매한 말을 두 손을 모으며 외쳤다.

머리를 긁적이며 짧게 심호흡을 했다. 이미 엎질러진 물이니 어쩔 수 없다.

직전에 거의 세계 멸망 뺨치는 익명의 음모론만 보지 않았어도 이 지경까지는 안 왔다.

하필 딱 그거 보자마자 누가 나 잡아가려고 하니까 피할 수밖에 없잖아.

"잘못 대답하면 죽는 줄 알았어."

거기서 칼이라도 빼 들지 않은 게 다행이다.

하마터면 스타가 되기도 전에 경찰서행을 할 뻔했다.

유민하는 이해가 되지 않는 눈치였지만 건성으로 고개를 끄덕였다.

"뭐, 그렇다 치고. 다른 건 없었어?"

"맞아, 일대일 인터뷰까지 했으면……."

유민하나 이유승처럼 기사 사진에야 숱하게 나온 A반 우등생들도 이렇게 기자가 따로 인터뷰를 따고 간 적은 없었다고 했다. 데뷔를 앞두고 있는 데뷔 클래스반 학생들이면 모를까, 아직은 평범한 학생 신분에 불과하니까.

이렇게 기사까지 뜨고 호응을 얻어 메인에 걸린 건 결코 흔한 일이 아니란다.

신서진은 고개를 갸웃거리며 주머니를 뒤적였다.

그나저나 뭘 받긴 했던 거 같은데.

주섬주섬.

"찾았다."

신서진은 주머니에서 꼬깃꼬깃해진 낡은 명함 하나를 꺼냈다. 인터뷰 때 너무 긴장한 것 같다고 기회 되면 한 번 더 찾아오라는 말을 듣긴 했는데, 그때는 빨리 튀겠다는 마음뿐이라 제대로 듣질 못했다.

그런데.

이거 대단한 거였어?

"명함? 명함을 받아 왔다고?"

"뭐야, 이분 이름 익숙한데? 연예부 기자 아니셔? 우리 학교 기사 많이 쓰시는 분이잖아!"

"아니, 이걸 받아 왔으면 연락을 해 봐야지!"

잔뜩 흥분한 녀석들.

한 명이 말하면 두 명이 말을 얹는다.

최성훈을 아예 두 팔을 펄떡이며 자리에서 튀어 올랐다.

"야, 연예부 기자 하나 알아 두는 것도 나쁘지 않아. 우리가 아직 매니저가 따로 있는 것도 아니고, 소속사도 없고. 이럴 때는 발로 뛰어야지."

"맞는 말이긴 해."

유민하는 턱을 괴더니 최성훈의 말을 쉽게 수긍했다.

"기사로 빵 터져서 대박 난 선배들도 있지 않았어?"

"이번 3학년에 제이 선배가 그랬잖아. 축제 때 기자들이 딱 찍어서 기사 여러 개 띄우고. 화제 모아서 순식간에 데뷔조 들었잖아."

"네가 그렇게 좋아하는 관심 받으려면 그만한 지원군이 없긴 하지."

이유승 역시 웬일로 흥분한 기색이다.

신서진은 이쯤 되자 제 손 안의 명함이 다르게 보이기 시작했다.

스타가 되어야 한다.

가능하다면 그 기회를 빨리 잡는 것이 좋다.

이 명함이 이름을 알리는 데 도움이 될 거라면······.

아, 이거 진짜 연락해 봐야 하는 건가?

신서진은 최성훈을 올려다보며 물었다.

"무슨··· 말을 하면 되는데?"

"일단 인터뷰는 네가 거하게 사고 치긴 한 거 같으니까. 공손히 사과드리고 싶다는 핑계로 가 보는 건 어떨까. 어때? 천재적이지?"

"구리긴 한데 그 정도는 대충 넘어가 줄게."

"봤지? 봤지?"

지가 강도처럼 접근해 놓고선 사과를 하라니.

쉽지 않다, 이 바닥은.

신서진이 알겠다며 고개를 끄덕여 보이자, 최성훈이 걱정되는 얼굴로 말을 덧붙였다.

가만 보면 똑똑한 것 같으면서도 어딘가 부족한 것이······.

물가에 내놓은 어린애를 보는 듯하다.

"야, 근데 다른 사람들도 아니고 기자들 앞이니까 말은 조심해라. 가만 보면 네가 안 해도 될 소리를 해서 기삿감을 만들거든?"

"내가 안 해도 될 배려를 많이 하는 편이긴 하지."

"아니, 그게 아니라……."

왜, 뭐가.

"기레기가 괜히 기레기가 아니라는 걸 명심하라고."

"기레기가 뭔데?"

"어? 그냥… 네가 어제 만난 분들?"

아, 접수했다.

*　　　*　　　*

한동우 기자는 기사 사진을 보며 연신 감탄했다.

처음에 웬 먼지 구덩이에서 나왔을 때만 해도 뭐 저런 애가 다 있나 싶었는데.

조명 좀 비춰 주고 카메라로 찍으니까 인물이 확 산다.

"얘가 전학생도 아니고 원래 있었던 애라고……."

서울예고 2학년이라길래 작년 자료들을 샅샅이 뒤져 봤다. 작년에도 서울예고의 각종 행사는 필참 했으니 있었다면 못 봤을 리가 없는데, 희한하게도 사진 속에서 신서진의 모습을 찾을 수가 없었다.

그래서 학교에 문의했더니 더 기상천외한 대답이 돌아왔다.

'네? 그 친구가 C반이었다고요?'

얘가 인터뷰 센스가 없어서 그렇지, 실력은 어디 가서 꿀릴 수준이 아니던데.

춤이랑 보컬이 정말 못 봐줄 수준인가.

얼굴도 그만하면 안 밀렸을 텐데, 급격히 걱정이 몰려온다.

그나마 다행인 건 무슨 이유에서인지 1년 새에 A반으로 승급했다는 것.

반 배치고사 당시의 자료를 찾을 수 있었으면 좋았겠지만 적어도 그에게는 없었다.

참으로 베일에 싸여 있는 녀석이다.

그때 제대로 인터뷰도 못 했으니 한번 제대로 대화를 나눠 보면 좋을 텐데…….

한동우 기자의 마음속에 아쉬움의 불길이 타오르고 있었다.

신인들을 취재하는 기자들은 나름대로의 열정이 있다.

이미 떠 버린 가수들이야 건방지게 다리를 꼰 채 시간을 때우다 가는 경우는 물론이고, 신입 기자를 길들이겠다며 모든 질문에 건성으로 답하는 경우까지. 그야말로 진상 중에 진상 같은 일이 숱하게 벌어지는 이 연예계에서……. 신인들은 눈빛부터 다르다.

마치 호랑이 앞에 선 토끼처럼, 동글동글한 두 눈을 끔뻑이며 잡아가지 말아 달라고 하는 그 모습이 순수한 신인 그 자체라…….

"아니지."

잡아가지 말아 달라고 하는 신인이 어딨어.

어?

뭔가 이상한데?

"생각해 보니까 진짜 독특한 애였네?"

신서진의 연주에 홀려 이제야 그걸 깨달은 한동우 기자는 손뼉을 치며 고개를 끄덕였다.

순수한 토끼든 교활한 여우든 상관없다.

그 연주는 한동우 기자를 매료하기에 충분했다.

아예 아이돌을 때려치우고 연주자로 나가도 되지 않을까 싶을 정도로 감명 깊었던 연주.

그뿐인가.

스타성을 완벽히 갖춘 매력적인 얼굴까지.

기사의 반응도 좋았다.

왜 이런 게 메인이냐고 까는 사람들도 없잖아 있었지만, 애초에 그런 댓글들이 달린다는 것부터 화제성은 확실하다는 소리니까.

지금까지 올린 서울예고 관련 기사 중 신서진의 기사가 가장 반응이 좋다.

후속 기사를 내야겠다는 판단도 거기서 나왔다.

"명함도 줬는데 연락 오지 않으려나?"

아직 소속사도 없는 일반인이다.

어떻게든 떠 보려는 학생들이 먼저 혈안이 되어 연락이 오게 마련인데.

어째서인지 신서진은 그럴 거라는 생각이 들지 않았다.

도리어 기자를 찾아오는 게 아니라 도망갈 정도의 독특한 애였으니까.

하지만, 도망가도 좋으니 그 연주를 한 번만 더 봤으면…….

─라고 생각했던 한동우 기자는 이내 후회하게 된다.

"잘 부탁드립니다, 기레기님."

으응?

"이거 드시고 하실래요, 기레기님?"

몇 년 안 된 신입 피디이긴 하지만, 기사를 써 달라고 찾아온 기획사와 매니저, 피디들을 숱하게 봐 왔다.

그런데, 이런 멘트는 처음이다.

"왜… 그런 눈으로 보세요, 기레기님?"

"야."

"엥, 이거 아닌가."

얘… 나 물 먹이는 건가?

*　　　*　　　*

커다란 A4 용지에 어설프게 휘갈겨져 있는 싸인.

연예계에 있으면서 숱하게 봐 왔을 싸인이지만 이걸 내려다보는 조원들의 표정은 착잡 그 자체였다.

그도 그럴 것이, 대체 이 싸인을 받아 오기까지의 과정이 전혀 납득이 되지 않았기 때문이었다.

서을예고 졸업생에게 받아 온 것도 아니다.

연예인에게 받아 온 것도 아니다.

이게 내 싸인이랍시고 친구들에게 보여 주고 있는 것도 아니다.

"기자님의 싸인이라고……?"

기자님 싸인…….

그걸 대체 뭐에 쓰는 거냐고.

최성훈은 다시 한번 미심쩍은 눈으로 신서진을 돌아보았다.

혹여 자신이 잘못 들은 건가 싶어서였다.

"기자에게 무슨 싸인까지 받아 와? 너 혼자 팬 미팅 했어?"

"싸인하자고 하셔서, 어서 하시라고 했지. 내가 그 상황에서 거절할 수는 없잖아?"

"…응?"

그건 너한테 해 달라고 한 게 아닐까.

거기서 싸인을 해 준 기자도 어이없고, 그걸 받아 온 신서진은 더 어이가 없다.

유민하는 이제 해탈했다는 듯 조용히 머리를 짚었다.

그녀의 머리를 더 지끈거리게 만든 것은 아래에 선명하게 써 있는 문구였다.

더 좋은 기레기가 되도록 노력할게요. 응원해요 :)

이게 가장 이해가 안 돼!

무슨 일이 있었던 거야!

유민하는 이마를 짚으며 신서진을 추궁했다.

"대체 기자 입에서 기레기라는 소리가 왜 나온 거야?"

"어, 좋은 기레기셨어."

"그게 중요한 게 아니잖아, 미친놈아!"

"도대체 무슨 일이 있었는지, 나 궁금해서 잠 못 잘 거 같아."

신서진은 뿌듯한 표정으로 브이를 들어 보이며 능청스레 말을 뱉었다.

전령의 신이자, 올림포스의 인싸.

당연하지만 제 타고난 친화력은 이곳에서도 통했다.

"내가 친화성 하나는 죽여주잖아. 좋아하시더라고."

"……."

처음에는 좀 낯을 가리다가도 금세 좋아해 주셔서 노래까지 신나게 불러 드리고 왔단다.

"난 모르겠다."

거참 대단한 팬 서비스긴 하네.

유민하는 그냥 생각을 포기하기로 했다.

그때였다.

난데없이 복도에서 울려 퍼지는 환호성.

유민하는 고개를 홱 돌리고선 복도 너머를 힐끗 확인했다.

"와, 미친. 나왔다."

"헐, 야, 빨리 와!"

"꺄아아아아악!"

A반 반장이 이쪽으로 달려오고 있고, 학생들이 우르르 그 뒤를 따라간다.

중앙 게시판 앞에 뭘 붙이면서 저렇게까지 난리가 나는 경우는 하나뿐인데.

유민하는 동그래진 눈으로 자리에서 벌떡 일어났다.

"야, 가자."

"뭔데? 뭔데?"

"뭐, 월말 평가 결과 나왔어?"

유민하의 직감은 제대로 들어맞았다.

"맞네, 월말 평가 결과야."

월말 평가를 본 지 얼마 되지도 않았는데 벌써부터 결과가 나왔다.

검은 스티커를 붙인 커다란 판넬 앞에서 선 A반 반장이 우렁 찬 목소리로 말을 뱉었다.

일찌감치 움직인 유민하 덕에 학생들 틈에 껴져 중앙으로 밀 려간 신서진은 끙끙대며 자리를 잡았다.

"여러분, 월말 평가 결과가 나왔습니다! 모여 주세요, 뜯을게요!"

"아, 빨리!"

"빨리빨리!"

이 자리에 있는 모두에게 가장 중요한 게 바로 월말 평가다.

몇 번의 월말 평가로 성적이 합산되고, 그 성적이 반별 진급에 도 큰 영향을 미친다.

성적이 많이 떨어지거나, 상승한 학생들은 1년이 다 되기도 전 에 반이 재조정되는 경우도 있었다.

기다리지 못하는 학생들로 성화였기 때문에 두 번째 예고는 없었다.

훤칠한 키의 A반 반장은 망설임 없이 검은색 스티커를 잡아 뜯었다.

촤악.

동시에, 수백 개의 눈알들이 동시에 등수표를 스캔하기 시작 했다.

이름부터 성적까지.

낱낱이 공개되는 잔인한 월말 평가 성적표.

"아씨, 이렇게 이름 까고 나온다고?"

"난 못 보겠다……."

몇몇 학생들이 뒤쪽에서 술렁였으나, 신서진은 한 치의 망설임도 없이 빠르게 등수를 읽어 나갔다.

 아래서부터 천천히 올라와 제법 상위권에 확인하자 조금씩 익숙한 이름이 눈에 들어왔다.

 "와, 나 선방했네."

 A반 수준의 성적을 유지한 최성훈부터.

 "오, 다영이도."

 15위라는 쾌거를 이루어 낸 이다영.

 그리고.

 10위 안에 어김없이 자리를 잡은 유민하와 이유승.

 "유승이 3위 축하한다."

 그리고.

 그 위에.

 더 위에.

 도무지 제 이름을 찾을 수 없어 계속해서 고개를 들어 올리던 신서진의 시선이.

 마침내 꼭대기에서 멈췄다.

 "놀라운 결과인데."

 2등이었다.

＊　　　　＊　　　　＊

 겨우 두 달도 안 되는 시간 동안 많은 게 변했다.

 남이준은 창가에 기대앉아 혼자만의 짧은 브리핑을 마쳤다.

정리해 보자면, 한낱 C반에 불과했던 신서진이 두 달 만에 A반으로 당당히 올라섰고 기자의 눈에 들어서 메인 기사를 따냈으며, 마침내 3월 월말 평가에서는 2등을 차지했다.

1등이 성주한이었으니 실로 엄청난 쾌거였다.

"피아노도 못 치던 애였잖아? 연주 전공인 성주한 바로 다음 등수야?"

남이준은 피식 웃으며 고개를 저었다.

자신이 기억하던 중학생 시절의 신서진은 어디로 가고 없다.

그 이유는 알고 있다.

"못하는 게 더 이상하지."

애초에 출발선이 다르지 않나.

신의 재능과 인간의 재능. 같은 선상에 놓는 것조차 머쓱할 정도다.

대체 무슨 수작을 부리려고 다 늙어서 학교 생활을 하는지는 모르겠다.

재배치고사며 월말 평가까지. 신서진은 멀쩡한 다른 학생들처럼 각종 시험을 열심히 통과해 내고 있는 중이다.

이미 모든 건 다 가졌을 이가, 왜 이 조그마한 학교에 와서?

가만 보면 아예 인간들을 가지고 노는 기분까지 든단 말이지.

남이준은 이를 꽉 악문 채 분노의 한마디를 쏟아냈다.

"인간의 몸으로 장난질하면 기분이 좋나? 하여간 이해가 안 가, 높으신 그분들은."

죽기 전에 그분들이 자신의 발밑에서 빌빌 기는 꼴을 꼭 보고 싶은 것이 남이준의 소망이었다.

본인들이 쌓아 놓은 과오를 청산하면서, 이전의 영광은 꿈도 못 꾸게.

그렇게 꼭 짓밟혔으면.

남이준은 죄 없는 분필을 뚜둑 부러뜨리고선 멀리 떨어진 쓰레기통에 툭 던졌다.

신서진이 제 나름대로 열심히 예고 생활을 즐기는 동안, 그역시 동분서주하며 신서진의 정체를 알아내기 위해 애를 썼다. 신서진은 시험을 준비하느라 제가 아예 안중 밖이었던 듯 싶지만, 남이준은 쉬지 않고 신서진을 주시했었다.

뭘를 먹는지, 어디서 뭘 하는지.

이상한 점은 없는지.

희한하게도 신서진이 살던 주소의 기록은 말소되었고,

제가 기억하던 신서진의 성격과도 전혀 다른 이가 나타났다.

미심쩍은 부분이 한두 개가 아닌 와중에, 놀라울 정도의 성장 속도를 보여 준다.

덕분에 신서진이 인간이 아니라는 것쯤은 확실히 알았지만 누군지가 관건이었다.

남이준은 책상을 손가락으로 툭툭 두드리며 중얼거렸다.

"음악을 좋아하는 신이라면……."

짚이는 신이 몇몇 있긴 했다.

"디오니소스? 아, 아니지. 그 한량이 조용히 학교를 다닐 리가."

술의 신 디오니소스였으면 이미 사고 쳐서 퇴학당했을 거고.

등교 첫날부터 술에 완전히 꼴아 있었겠지.

"확실히 그 신은 아니야."

신서진이 숭배하던 대상을 떠올리면 음악의 신이자, 태양의 신인 아폴론이 가장 먼저 떠오르긴 하는데.

으음. 글쎄다.

남이준은 고개를 갸웃거렸다.

"비슷한 느낌은 안 드는데."

제아무리 신화에서 본 것이 전부라지만 이미지가 있지 않나.

아폴론이라고 생각하기에도 묘하게 분위기가 달랐다.

남이준은 골똘히 생각에 잠겼다.

아무리 봐도 이 이상은 짚이는 신이 없는데.

"뭐, 어느 쪽이든 확인해 보면 알겠지."

그렇기 위해서 준비해 둔 것이 따로 있다.

남이준은 결연한 표정으로 주머니에서 검은 카드 한 장을 꺼냈다.

*　　　　*　　　　*

3월 월말 평가가 끝났다고 조금 여유로워질 것이라는 건 신서진의 착각이었다.

기존의 이론 수업 시간까지 줄어들 정도로, 학교는 온통 봄 축제 준비에 정신이 없었다.

서울예고의 가장 큰 행사로 꼽히는 봄 축제와 가을 축제.

실용음악과 학생들뿐만 아니라, 패션모델과 학생들의 패션쇼에 연극영화과 학생들의 연극 무대까지.

그 어느 학교에서도 보기 힘든 어마어마한 스케일의 축제는 서을예고의 상징이기도 했다.

신서진은 그 틈에 끼어 죽어 나가는 중이었다.

"서진아, 이거 좀 오려 봐."

"…응."

"이거 좀 붙여 봐."

"…응."

"이것도."

"…네."

대체 어떤 나라가 이렇게 신을 착취해!

돌아 버리겠네, 진짜.

나 이제 진짜 안 해.

내가 제우스의 따까리지 너네 같은 하찮은 인간들의 따까리가 아니……

"서진아, 풀 좀 가져다줄래?"

"…응."

'내가 이런 건 또 전문이지.'

여기서 날개 달린 신발을 신고 날 수는 없어도 날 때부터 타고난 이 발 빠른 심부름 실력이란……

올림포스에서도 감히 따라올 자가 없었다.

유민하는 정신없이 쏘다니는 신서진을 보고선 팔을 붙잡았다.

"일 열심히 하고 있네?"

"왜?"

"아니, 그쪽은 거의 다 돼 가?"

"글쎄다."

서을예고 축제의 핵심이라고 할 수 있는 반별 부스.

실음과 A반의 부스 컨셉은 방 탈출이었다. 그게 뭔지는 잘 모르겠지만 일단 검은 비닐봉지로 천막 같은 걸 만들어서 열심히 넓은 교실을 반으로 나누고 있는 중이다.

"사실 잘 몰라."

신서진은 시키는 대로 착실히 하고 있었다.

탈출이든 뭐든 미노타우로스의 미궁보다 복잡할 일도 없고, 강제성도 없으니 그냥 저 천막 다 부수면서 나가면 탈출이 가능한 게 아닌가?

물론 이 소리를 했다가 이다영에게 입 밖에 꺼내기 힘든 험한 말을 듣긴 했지만······.

그래도 열심히 했다.

"내가 이런 것까지 소질이 있을 줄은 몰랐는데."

하루 종일 오리고 붙이다 보니 만들어 낸 소품들.

신서진은 그것들을 뿌듯하게 책상 위에 올려놓고선 고개를 들었다.

그런 신서진을 내려다보던 유민하가 다급히 말을 덧붙였다.

"지금 이러고 있을 때가 아니야. 이거 빨리빨리 끝내고 연습하러 가자. 우리 2주도 안 남았어."

"아."

맞다.

반배치고사 때 1등을 한 덕에 얻어 낸 기회.

유민하, 이유승, 최성훈, 이다영.

이 라인업과 함께 봄 축제에 서게 되었다.

리셉터의 〈하늘 바다〉 곡으로 무대에 설 예정이긴 하지만, 이미 그 무대를 봤을 전교생을 위해서라도 추가 곡을 하나 더 준비해 가야 했다.

색다르게 꺼내 보일 수 있는 우리의 카드.

유명곡을 새로 편곡해 보자고 어제 결론은 났는데, 문제는 어떤 스타일로 갈 것이냐가 쟁점으로 남아 있었다.

"뭐 할래?"

부스 제작에 끌려다니면서도 틈을 내어 빠져나온 익숙한 얼굴들이 손을 흔들었다.

이유승은 페인트가 덕지덕지 묻은 옷으로 턱을 괴었다.

"기왕 할 거면 제대로 준비해야지."

서울예고 봄 축제는 그 엄청난 규모로 유명했다. 서울예고 학생들, 기자들, 각종 기획사 대표들만 찾아오는 것이 아니라 일반 대학 축제처럼 일반인들까지 참여 가능하기에 암암리에 티켓이 거래될 정도였다.

서울예고 축제가 끝나면 SNS에 각종 소식들이 올라오고, 그걸 통해 인지도를 얻는 선배들도 많았다.

무엇보다 가산점.

데뷔조에 들어가는 점수에 큰 영향을 미친다고 봐도 과언이 아닐 정도로, 봄 축제는 그만큼 중요한 기회였다. 이유승의 한마디에 공감한 유민하가 똑 부러지는 말투로 입을 열었다.

"시간이 많지는 않은데, 그래도 할 수 있는 데까진 해 봐야지."

"무슨 곡을 편곡할 거야? 아직 못 했어?"

"응."

"누가 하는데?"

신서진이 손을 들어 보이자 최성훈이 고개를 끄덕였다.

리셉터의 〈하늘 바다〉부터 시작해서 기타 배틀 무대, 불놀이 편곡까지.

그간 보여 준 게 있어서 그런가 한 달 전에는 생각지도 못했던 반응들이 돌아온다.

"서진이면 믿고 맡길 만하지."

"보는 눈이 있군."

유민하 역시 일절의 터치 없이 흐뭇한 표정으로 고개를 까닥였다.

"맞아, 컨셉 같은 건 일단 나랑 상의해 보기로 했고. 아, 근데 한 사람 더 필요하다며?"

"누구랑?"

시간이 영 빠듯하다.

혼자 하려니 곧 죽어 나갈 것 같고. 몸이 두 개는 아닌지라 괜찮은 사람이 한 명 더 있었으면 좋겠는데…….

신서진의 시선이 스윽 네 명을 스쳐 지나가다 딱 한 사람 앞에서 멈췄다.

"나……?"

두 손을 모은 채 놀란 표정으로 눈을 끔뻑이는 이다영.

엥, 이거 이렇게까지 놀랄 일인가?

전혀 생각하지 못했다는 듯, 이다영이 커다란 눈을 굴려 보였다.

아니, 이제는 아예 목소리가 파르르 떨리고 있었다.

"나야? 진짜 나랑……?"

"여기 너 말고 누가 더 있어?"

작곡을 강점으로 서울예고에 입학했지만 유독 자신이 없어 보이는 모습이 이해가 가질 않았다.

리셉터의 〈하늘 바다〉 편곡도 훌륭했고, 같이 작업할 사람을 꼽으라면 여기선 이다영밖에 없다.

그러니까.

"자신 있지?"

Chapter. 3

이다영을 작곡 멤버로 뽑은 것은 신서진의 훌륭한 판단이었다.

워낙 화려한 라인업에 튀는 학생들만 모인 서울예고.

환경이 환경이다 보니 늘상 기죽어 있는 이다영이지만, 최소한 음악 앞에서는 기죽지 않는 성격이었다.

평상시에는 말을 거의 안 하길래 대화해 볼 기회도 별로 없었다.

신서진은 생각보다 확실한 이다영의 자기주장에 사뭇 놀랐다.

이것 참…….

판을 깔아 주니까 아주 잘 논다.

"컨셉은 민하가 짚어 주긴 했는데……. 일단 우리 의견을 따른다고 하니까 한번 확인해 봐."

"댄스곡으로?"

"아무래도 축제니까……?"

리셉터의 〈하늘 바다〉가 밴드와 난타 중심의 신나는 편곡 재질이었다면 두 번째 곡은 현대 K—POP 스타일의 댄스곡을 넣었으면 하는 것이 유민하의 의견이었다. 확실히 관객들의 호응을 유도하기도 적합하고, 축제에 어울리는 곡 선정이었다.

무대 구조까지 그새 파악해 온 유민하의 노련함에 신서진은 혀를 내둘렀다.

"이 정도 규모가 우리가 쓸 수 있는 무대 사이즈라는 거지."

"그렇지."

"생각보다 넓은데?"

"연극 하는 애들도 있어서 그런 거 같아……. 밴드부도 있고."

"뭐, 나쁘지 않네."

적어도 공간의 제약을 받을 일은 없어 보이니 최대한 동선의 스케일을 키우는 것도 나쁘지 않을 거 같다. 거기에 유민하가 추가적으로 써 놓은 메모에는 무대 연출과 스타일까지 제법 상세히 적혀 있었다.

요즘 들어 유행인 복고풍 스타일의 무대를 깔끔히 EDM의 현대 뮤직으로 살려 보자는 것이 유민하의 계획. 그런데 여기서 막혔다.

"복고풍이 뭐야?"

아, 어려운 단어.

신서진은 머리를 긁적이며 눈치를 살폈다. 이다영은 잠시 턱을 괴더니 싱긋 웃으며 말을 이었다.

"음, 세기말 느낌 알지?"

"아, 그거라면 확실히 알지."

"그치? 그런 느낌을 원하는 거 같은데? 개인적으로는⋯ 나쁘지 않은 거 같아."

이다영은 생각난 것이 있는지 손뼉을 치고선 고개를 들었다.

그냥 옛날 스타일을 그대로 쓰는 건 다소 올드해 보일 수도 있다. 적당한 선에서 복고풍을 살릴 수 있을 만한 방법들이 꼬리에 꼬리를 물고 떠올랐다.

낯을 가리던 본래 모습과 같은 사람인가 싶을 정도로 속사포의 말이 이어졌다.

"아직 무슨 곡을 쓸지는 생각을 못 했거든."

몇 개의 후보는 있지만 선곡은 해 보지 못한 상황.

"세기말 노래의 템포를 그대로 따 와서 거기에 EDM 비트를 얹어 보면 어떨까? 딱 감각적인 느낌으로 살릴 수 있을 거 같고, 그 특유의 흥이 나는 바이브도 들어갈 수 있을 거 같아서! 아, 그리고 지금 막 생각난 건데⋯ 약간 우리 의상도 펑키한 스타일로 맞춰서. 동선 크게 크게 쓰는 안무로 들어가도 좋을 거 같거든. 물론! 이건 내 개인적인 의견이고 불편하면 얼마든지⋯ 말⋯ 해⋯ 줘!"

흥분하면 말이 많아지는 스타일이구나.

생각보다 훨씬 더 잘해 주고 있는데?

신서진은 흐뭇한 미소로 고개를 끄덕였다.

"좋은데?"

"세기말 바이브로⋯⋯!"

"그 시절 바이브가 흥이 넘치긴 하지."

신서진은 세기말이 떠오르는지 리듬을 타며 이다영의 말에 공감했다.

현대로 오면서 노래가 많이 깔끔해지긴 했지만 그 시절은 그 시절만의 향수가 있다.

신서진은 피식 웃으며 담담하게 말을 뱉었다.

"새파랗게 어린 친구들이 세기말을 논할 줄은 몰랐는데."

"어……?"

"아니, 아무것도 아니야."

물론 조금 의외긴 했다.

그토록 오래전의 문화를 아직까지 고스란히 간직하고 있다는 것이.

올림포스에서도 세기말의 문화는 슬슬 잊혀 가고 있지 않던가.

그저 감격스러울 따름이었다.

신서진은 끄응, 하며 뻣뻣하게 굳은 몸을 일으키고선 펜을 들었다.

영감이 떠오른 김에 조금씩 끄적여 볼 생각이었다.

우선, 그 전에.

함께하는 파트너에게 최소한의 검수는 필수이다.

"세기말이라……."

"어어."

"그러면 기원전 2세기 정도로 잡으면 되나?"

"…어?"

무서운 침묵이 잠시 감돌았다.

이다영은 차마 뗄 수 없는 입술을 달싹이며 신서진을 돌아보았다.

'내가 지금 뭘 들은 거지?'

'뭐야, 네가 세기말이라며.'

누구 하나 선뜻 말을 꺼낼 수 없는 고요한 정적.

이 오해는 어디서부터 비롯된 걸까.

"……."

잠시 고민하던 신서진은 빠르게 결론을 도출해 냈다.

"어……. 그게……."

"기원전 1세기로 할까?"

이다영은 진심으로 말리고 싶어졌다.

*　　　　*　　　　*

"그러니까, 이게 너네가 추려 온 선곡이라는 거지?"

유민하는 신서진과 이다영의 리스트를 확인하고선 놀란 눈을 끔뻑였다. 옆에 서 있던 이유승이 궁금하다는 듯 끼어들었다.

"와, 선곡 괜찮은데?"

둘의 시선은 동시에 가장 상단에 있는 곡에 멈췄다.

〈Future and past〉

EDM 비트가 매력적인 최신 노래였다.

"근데 이건 복고풍이 아니잖아?"

"가사를 보니까 대충 그런 식으로도 해석할 수 있을 것 같아서."

신서진의 즉각적인 대답이 돌아왔다. 유민하는 휴대전화를 꺼내서 〈Future and past〉의 가사를 확인했다. 시간을 돌고 돌아서 다시 너를 만나게 되었다는 가사. 과거와 현재를 넘나드는 가사의 내용이 인상적인 곡이었다. 충분히 신서진의 말대로 해석할 수 있을 듯하다.

하나 마음에 걸리는 부분은 있지만.

"편곡이 어려울 것 같은데. 생각해 둔 방향은 있어?"

"으… 으응……."

이다영이 우물쭈물하더니 주머니에서 USB 하나를 꺼내었다.

"어제 서진이랑 같이 구상만 따 봤어."

"응, 한번 보자."

유민하는 USB를 받아 들고선 노트북에 꽂았다. 로직으로 작업해 둔 파일이 곧바로 떴다. 어차피 편곡은 유민하의 영역이 아닌 터라 여기저기 찍혀 있는 음을 봐도 이해가 잘되지는 않는다.

다만, 구상을 확인하기 위해 유민하는 재생 버튼을 눌렀다.

이다영은 신서진은 힐끗 돌아보고선 편곡의 방향에 대해 설명했다.

"두 템포를 섞은 거야."

세기말에 자주 썼던 비트와 현대식 EDM 비트.

의외로 어울리지 않을 거라 생각했던 두 템포가 자연스럽게 어우러지면서 미래와 과거를 섞은 듯한 오묘한 리듬이 탄생했다.

"…좋은데?"

아직 구상에 불과한 도입부일 뿐이지만, 비트부터 나쁘지 않다.

유민하가 눈썹을 들썩이자 이다영이 눈치를 보며 물었다.

"우리도… 이게 가장 좋은 거 같아서……. 이걸로 갈까?"

"난 좋아."

먼저 대답을 선수 친 건 이유승이었다. 빈말을 하지 않는 성격이니 진심으로 마음에 드는 듯해 보였다. 유민하와 최성훈의 입에서도 흔쾌히 오케이 싸인이 나오자, 이다영은 들뜬 얼굴로 고개를 끄덕였다.

그리고는, 은근슬쩍 신서진을 쿡쿡 찌른다.

"마저… 만들어 오자……!"

시간이 얼마 남지 않았다.

*   *   *

째각째각.

벽에 걸려 돌아가는 시계.

그걸 물끄러미 바라보고 있던 신서진은 다리를 꼬며 앉았다.

벌써 새벽 두 시가 넘었다.

이 시간까지도 이다영은 입에 펜대를 문 채 컴퓨터 앞에 앉아 있다.

한 저녁 7시부터 저 상태였나…….

석식을 먹고 나서 이다영은 놀랍게도 저 자리에서 한 번도 일어나지 않았다.

"피곤하진 않냐?"

신서진이 묻자 이다영이 화들짝 놀란 얼굴로 고개를 들었다.

"응? 나 불렀어?"

"좀 쉬면서 해."

신서진은 그렇게 말하며 악보를 들이밀었다.

로직이니 루직이니…….

저 작곡 프로그램은 신서진이 다루기에는 너무 신세대였다.

MR 편곡 작업은 이다영에게 맡겨 두고 신서진은 키보드를 두들기면서 손으로 직접 악보를 쓰고 있었다.

하지만, 여전히 어렵다.

이다영은 신서진의 악보에서 아쉬운 점들을 지적했다.

"으응……. 다른 건 다 좋은데……. 비트를 다 해체하고 들어가니까 뒤쪽에서 통일성이 살지 않는 부분들이 있어……. 그리고, 다른 건 다 좋은데……. 여기 둘째 줄 보면……."

"그 정도면 다른 건 다 좋은 게 아니잖아?"

"어… 어?"

"농담이야. 계속 말해 봐."

신서진의 말에 이다영은 두 눈을 끔뻑이고선 다시 악보를 내려다보았다.

지난 월말 평가에서 무려 2등을 차지했던 신서진이다. 이다영은 감히 자신이 조언을 해도 될까 싶어 안절부절못하는 기색이나, 신서진은 속 시원하게 말해 줬으면 했다.

1위를 차지했던 성주한의 연주는 분명 압도적이었다.

연주 천재가 이까지 갈고 나왔으니 그럴 수밖에.

2위를 차지했던 신서진의 연주 역시 편곡 덕분에 많은 칭찬을 받았다.

하지만, 신서진은 확신했다.

음악 자체의 짜임새와 편곡이 가장 훌륭했던 무대는 이다영의 것이었다.

연주 실력이 부족한 터라 몇 번 티 나는 실수가 나왔고, 그래서 까인 점수였다.

편곡만 놓고 본다면 이다영을 따라올 사람이 없다고 판단했다.

"편곡, 어떻게 하는 거야?"

신서진은 트렌드를 읽는 데에 약했다.

이다영은 제법 계산적이게 멜로디를 분배하고, 비트를 영리하게 깔아서 근사한 곡을 뚝딱뚝딱 만들어 내는 듯한데…….

아직 자신은 그 정도 지경엔 오르지 못했다.

뭔가 눈이 뜨이지 않은 기분.

그 애매함을 신서진은 해소하고 싶었다.

"음……. 곡 스타일마다 다 다르긴 한데……."

잠시 고민하던 이다영은 편곡을 기준으로 설명했다.

〈Future and past〉. 지금 컴퓨터 화면에는 둘이 함께 구상했던 곡의 음이 찍혀 있었다.

"이거 한번 볼래?"

꽤 늦은 시간이었지만, 이다영은 편곡에 대해 알려 달라는 신서진의 부탁을 거절하지 않았다. 머리를 높게 묶어 올린 이다영은 마우스로 찍어 둔 음을 가리켰다.

"나는 가장 먼저 컨셉을 확인해. 여기서 아예 자작곡을 만드는 경우에는 멜로디를 직접 연상하는 거야."

"멜로디?"

"응. 내가 생각한 키워드를 입안에서 굴려 봐. 그러다 보면 딱 후킹 되는 파트가 나오거든."

이다영은 평상시와 달리 떨지 않고 차분하게 말했다.

"아, 이거다. 싶은 거."

"하이라이트 멜로디?"

"응, 그걸 키워드에서 뽑는 거야. 그렇게 어렵진 않아."

영감은 어느 순간 갑자기 훅 찾아온다.

이다영은 그 영감을 놓치지 않고 잡는 법을 신서진에게 알려
주었다.

"마인드맵… 알지? 일종의 가지치기라고 생각하면 돼."

멜로디 하나를 생각하면 다른 멜로디가 떠오른다. 어색하지
않게 두 멜로디를 이어 주는 것은 작곡가의 몫이다. 전조를 사
용하기도 하고, 리듬을 바꾸기도 한다. 아예 마이너에서 메이저
로 곡의 분위기를 싹 바꿀 때도 있다.

편곡도 크게 다르지 않다.

다시 〈Future and past〉로 돌아가서.

이다영은 다시금 키워드를 강조했다.

"이 곡의 키워드는 뭐라고 생각해?"

"시간."

"그렇지! 맞아……!"

이 곡의 키워드는 '시간'이다. 과거와 미래. 닿을 수 없는 두 시
간을 표류하는 것이 주된 가사니까.

거기에 자신이 얹으려 한 키워드를 조합한다.

"우리는 복고풍의 음악을 만들기로 했잖아. 컨셉은 90년대, 세
기말이야."

리듬은 펑키하게, 세기말의 비트를 살려 내려 한다.

여기서 이다영의 영리한 스킬이 빛을 발했다.

기타의 뮤트음을 넣어 펑키한 리듬을 노련하게 구현해 냈다.

신서진은 이다영이 재생한 파트를 들으며 나직이 감탄했다.

"와."

"이런 건 사실 경험에서 쌓이는 거라서……. 하루 이틀에 된 건 아니야. 나도 많은 곡을 들어 보면서 배웠어……!"

어려운 편곡의 세상이다.

이다영은 다시 신서진의 악보를 내려다보며 말을 뱉었다.

"아까 내가 통일성이 살지 않는 부분들이… 있다고 했잖아. 사실 방금 말한 키워드를 못 살려서 그런 것도 맞긴 한데……."

신서진의 편곡에는 단점이 하나 있다.

"모든 구간을 음으로 채우려고 했어."

"아."

"편곡을 하면서 더해진 음들 때문에 원곡보다도 조금 더… 난잡해졌어."

피아노곡에서는 신서진의 재해석이 꽤나 근사하게 먹혔다.

하지만, 이미 비트부터 시작해서 다양한 악기로 가득 찬 EDM곡.

모든 리듬을 가사로 채우면서 음을 더하는 바람에, 살짝 난잡해진 부분들이 있었다.

이다영 못지않게 음악적 감각이 뛰어난 신서진은 한 번에 이다영의 말을 이해했다.

"알겠다."

"…이렇게 설명했는데 알아들었어?"

"응!"

설명이 너무 부족했다고 생각했는데.

이다영은 당당하게 고개를 끄덕이는 신서진을 보며 놀란 얼굴이 되었다.

"어… 그러면……."

그러고는 다시 모니터 화면을 돌아보았다.

"그러면… 이거 뒤 파트 다시 해 볼래?"

시간이 얼마 없어서 뒤 파트 편곡 아이디어는 신서진이 내고 있는 중이다.

따로 곡을 분석한 것도 아니고, 꼴랑 한 시간 남짓 설명해 줬을 뿐인데.

크게 달라질 리가 없잖아.

이다영은 그렇게 생각하며 신서진을 돌려보냈다.

*　　　*　　　*

축제까진 정말 얼마 시간이 남지 않았기에, 편곡이 빠르게 마무리되어야 하는 시점이었다. 신서진에게 맡겼다가 기한을 놓칠까 봐 전전긍긍했던 이다영은 이른 아침, 자신을 찾아온 신서진의 모습에 당황했다.

아무리 밤을 새었어도…….

"벌써 다 했다고?"

"어, 확인해 볼래?"

이다영은 동그랗게 뜬 눈으로 고개를 천천히 끄덕였다.

그것도 잠시, 다시 진지해지는 얼굴. 이다영은 신서진이 건넨 악보를 확인했다.

도입부와 벌스 부분은 자신이 미리 편곡해 놨다.

곡의 후렴 파트를 어떻게 편곡해 놨을까.

펑키한 리듬과 EDM 베이스, 90년대의 분위기를 동시에 살려 내는 것이 결코 쉬운 일은 아니었을 텐데.

지난 번에 신서진이 보여 줬던 악보에서 크게 발전한 수준은 아닐 것이다.

…그렇게 생각했던 이다영은 멈칫하고 말았다.

"이거 네가 쓴 거야?"

빽빽하게 가득 차 있던 악보.

기존의 신서진이 실수했던, 그리고 초보자들이 가장 많이 실수하는 부분이다. 모든 것을 음으로 채워 버리려는 습관.

이다영이 지적하긴 했지만, 빠른 시간 안에 그 습관을 버리긴 어려웠을 터인데.

전보다 악보가 훨씬 깔끔해졌다.

리듬의 배치도 자연스럽고, 음이 없는 부분은 허밍으로 대체해 곡의 구성도 여유로워졌다.

관중들이 낯설지 않도록 원곡의 느낌을 살려 내면서도 이다영이 만들어 놓은 골격대로 참신함을 넣었다.

우리들의 색깔을 넣었다.

Future and past.

처음에는 그냥 곡의 컨셉이라고만 생각했는데,

이 정도의 발전이라면 신서진을 미래에서 끌고 온 게 아니냐는.

그런 우스갯소리를 해야 할 것 같았다.

하룻밤 새에 1년 치는 성장했다.

원래 음악이라는 게 그렇다.

아, 하고 깨달음을 얻으면 갑자기 도약하게 되는 때가 있다.

아마 신서진은 지금 도약하는 중이 아닐까.

디테일이 살아 있는 편곡을 보면서 이다영은 싱긋 웃어 보였다.

"대박이야……. 진짜 잘했어……."

"괜찮아?"

"응! 응, 완전!"

자신이 손봐야 할 부분이 있을 거라 생각했다.

당연하지만, 전혀 다른 두 작곡가가 앞부분과 뒷부분을 나눠서 편곡하면 분명 이질적인 파트가 나오게 마련이니까.

한데, 신서진은 자신을 배려한 듯했다.

이다영이 처음 구상했던 컨셉에서도 크게 벗어나지 않아, 말 그대로 정말 이 상태로 올려도 충분할 수준이었다.

답지 않게 긴장한 듯 이다영을 돌아보는 신서진.

"고쳐야 할 부분은 없고?"

은근슬쩍 물어 오는 눈길은, 다른 대답을 기다리는 듯하다.

이다영은 피식 웃으며 말을 뱉었다.

"응, 없는데?"

"어… 역시 그런가?"

크흠.

신서진은 가볍게 헛기침을 하고선 시선을 돌렸다.

"그러면 그냥 가도 되겠네?"

"응!"

이다영이 다시 한번 고개를 끄덕이자, 신서진은 티가 나게 좋아했다.

'아, 편곡도 잘하면 곤란한데.'

관심을 받아 빛의 가루를 모으는 것이 어느 정도 영역까지 해당이 되는 것인지.

무대에 오르는 것에만 한정인지, 작곡한 곡이나 디자인한 무대도 포함인지.

'이번 기회에 알아봐야 하나?'

신서진은 그야말로 김칫국을 사발째 들이마시며 뿌듯해하고 있었다. 그 속내까지 완전히 읽을 수는 없었지만, 표정만 봐도 어느 정도는 알 수 있다.

이다영은 속으로 웃음을 참으며 손으로 얼굴을 가렸다.

'너무 좋아하는 거 아니야?'

대놓고 자랑할 땐 언제고 이제 와서 은근히 저러고 있는 것도 싫진 않다.

넘치는 자기애를 빼놓으면 애초에 신서진이 아니지.

이다영은 그렇게 생각하며 화제를 돌렸다.

어차피 마지막으로 MR을 만드는 건 작곡 프로그램을 다룰 줄 아는 이다영의 몫이다. 신서진은 제 몫을 다해 줬으니 남은 것은 마무리다.

"그러면 나는……. 이거 음부터 따고 있을 테니깐……. 유승이한테 슬슬 동선 짜 보라고 전해 주고, 남은 거 준비하러 가자!"

이다영은 짝, 손뼉을 치고선 상황을 정리했다.

　　　　　*　　　　　*　　　　　*

축제 당일.

누군가에게는 기다렸던 봄 축제에 서는 것만큼 긴장될 날이겠지만, 사실 대부분의 학생들에겐 그저 놀거리, 볼거리가 충분한 즐거운 날일 뿐이다.

저마다 잔뜩 설레는 얼굴로 다양한 부스를 즐기기 위해 발걸음을 재촉한다. 평상시의 서을예고보다도 잔뜩 들뜬 듯한 분위기.

그 한복판에서, 마냥 웃으며 즐길 수 없는 사람이 하나 있었다.

서을예고의 학생회장 남이준.

스윽.

남이준은 주머니에서 검은 카드 한 장을 꺼냈다.

"이걸로 될지 모르겠는데."

신서진의 정체를 짐작하고만 있을 뿐, 지금까지 그렇다 할 성과는 없었다. 때문에 이번 기회에 반드시 알아내야 한다.

그러기 위해 가장 적합한 물건을 챙겨 온 셈이었다.

남이준은 한 손으로 카드를 만지작거렸다.

신성력을 감지해 다른 문양으로 상대의 정체를 표지해 주는 카드였다. 힘들게 구해 온 물건이니 그만큼 성능은 확실하다.

고로, 이것만 있으면 사사건건 거슬렸던 신서진의 정체를 알 수 있다는 소리였다.

무대 준비와 이름표 배부.

현장에서 줄곧 뛰어야 하는 지금의 상황상, 신서진과 접촉하기도 그리 어렵지 않았다.

남이준은 이름표를 들고 한 명씩 발로 뛰어 찾아갔다. 사실 다른 학생회 임원들을 시켜도 되었을 일이지만, 스스로 자원했다.

옷소매 안쪽으로 카드를 숨긴 남이준은 무대 라인업을 뒤져 이름표 하나를 찾아내었다.

신서진.

'드디어⋯⋯.'

아니나 다를까.

이름표를 받기 위해 이쪽으로 걸어오고 있다.

남이준은 표정을 감추고 제 앞으로 다가온 신서진을 올려다보았다.

"이름표 받으러 오셨나요?"

"네."

'알 리가 없겠지.'

남이준과 신서진은 크게 접점이 없다. 굳이 따지자면 어느새 원수지간으로 소문이 나 버린 신서진과 강현. 강현이 제 친구라는 것 정도 외에는.

크게 의심하진 않을 것이다.

이름표에 마커로 신서진의 이름을 받아 적고 건네는 척하면서 카드를 슬쩍 접촉시키면 된다.

썩 수상해 보이는 짓도 아니니 걸리지 않을 것이다.

아니, 걸리지 않아야만 했다.

'반드시 알아 와. 이번에도 실망시키지 말란 말이야.'

남이준은 제 귀에 속삭이던 목소리를 떠올리며 흠칫 몸을 떨었다.

그사이, 신서진은 이름표를 내려다보며 멀뚱히 서 있었다.

"안 주세요?"

정신을 팔고 있을 뻔했다.

남이준은 어색한 미소를 입가에 띠고선 여느 때와 같이 말을 뱉었다.

"이름이?"

"신서진입니다."

"아, 알겠습니다."

딸깍.

남이준은 보드 마커를 꺼내고선 새하얀 이름표 위에 신서진의 이름을 썼다. 와중에도 그의 정신은 온통 소매에 숨겨 둔 카드에 쏠려 있었다. 남이준은 검지 손가락으로 슬쩍 카드를 밖으로 밀었다.

이름표 작성은 끝났다.

이름표를 옷에 붙여 주면서 카드를 가져다 대기만 하면…….

"붙여 드릴게요. 무대 잘하고 오세요."

남이준은 침을 삼키며 자리에서 일어났다.

신서진이 한눈을 판 사이, 카드를 소매 밑에 보이도록 꺼내어.

이름표와 함께 접촉…….

시키려던 순간이었다.

덥석.

"……!"

신서진이 남이준의 손목을 붙들었다.

의미를 알 수 없는 시선.

신서진이 말없이 남이준의 손에 들린 이름표를 내려다보았다.

그 아래에는 카드가 있는데.

신의 정체를 알아내려 한 제 수작이 발각되어 버린 건가.

남이준은 그대로 얼어붙어 버렸다.

"선배님."

툭.

신서진은 그런 남이준을 똑바로 응시하며 잡고 있던 손목을
놓았다.

눈치챘을까.

아니면, 들키지는 않은 걸까.

남이준은 다급히 옷소매 안으로 카드를 밀어 넣었지만 확신할
수 없었다.

신서진의 표정이 너무 어둡다.

'역시 들킨 건가.'

신을 농락한 대가란 무엇일까.

아무래도 죽음일까.

차갑게 식은 신서진의 눈빛이 남이준에게 닿았고,

담담한 목소리가 입을 열었다.

남이준은 그 자리에서 그만 질끈 눈을 감고 말았다.

그런데.

"이름 잘못 적으셨는데요."

"네… 네?"

신서진은 제 이름표를 손으로 가리켰다.

신사진.

"신사진이 아니라 신서진인데요."

"아… 아……."

남이준은 허겁지겁 마커를 꺼내 이름을 고쳐 적었다.

"무대 올라갈게요, 이준아. 빨리 이름표 건네줘!"

옆에 선 학생회 임원까지 재촉하자, 남이준은 이름표를 신서진에게 붙여 주는 데에 바빴다.

신사진이 아니라 신서진.

거기에 두 줄이 쫙쫙 그어진 난잡한 이름표였지만, 신서진은 개의치 않는다는 듯 돌아보지도 않고 무대를 향해 걸어갔다.

남이준의 옆에서 학생회 임원이 불쑥 말을 걸었다.

"왜 그렇게 정신이 팔려 있었어?"

심장이 떨어져 나가는 줄 알았던 기분.

남이준은 후들거리는 다리로 간신히 의자에 앉았다.

들키지 않은 것만은 감사하다.

하지만…….

카드를 접촉시키지 못했다.

"다음에는 꼭……."

남이준은 검은 카드를 내려다보며 이를 까득 악물었다.

*   *   *

실용음악과 A반.

그 위상만으로도 기자들을 설레게 하기 충분한 이름이다.

A반, 그중에서 재배치고사를 1등으로 끝낸 각 학년당 단 한 팀만이 저 무대 위에 설 수 있으니까.

SMS 뉴스의 한동우 기자는 떨리는 심장을 진정시켰다.

무대 위에서 익숙한 얼굴을 발견했기 때문이었다. 난데없이 사무실에 찾아와 기레기라며 엿을 먹여 놓고선 고작 두 시간 만에 한동우 기자를 홀려 놓고 간 괴상한 2학년이 저 조에 있었다.

역시.

그놈이 보통 놈은 아니었다.

"저 친구가 월말 평가 2등이라고 그러던데요……?"

"처음 보는데?"

"아, 그래?"

지난 재배치고사 때만 해도 신서진의 존재감은 처참한 수준이었으나 이번에는 달랐다.

서울예고에서 뿌린 보도 자료에 신서진의 이름 석 자가 당당하게 박혀 있었다. 게다가 한동우 기자의 인터뷰 기사까지 메인에 걸리면서 신서진 특종을 노리는 기자들이 많아졌다.

피곤한 일이긴 했지만, 뭐랄까.

"서진아, 잘하자."

괜히 응원하고 싶은 마음이 생겼다.

신인을 자신의 손으로 띄우는 그 짜릿함이랄까. 한동우 기자는 제가 더 긴장한 기색으로 침을 삼켰다.

그 순간.

쾅쾅쾅.

무대 위를 울리는 난타 소리에 한동우 기자는 놀란 눈으로 시선을 돌렸다.

"어?"

여기서 재배치고사를 현장에서 본 기자들은 없다.

훌륭한 무대였다는 소리만 들었을 뿐, 실물로는 처음이다.

그래서인지.

놀랐다.

"뭐야?"

처음에는 웬 드럼 소리인가 했더니, 그보다 훨씬 둔탁하고도 이색적인 난타음.

파도가 휩쓸듯 한 번 지나쳐 가는 웅장한 난타 소리에 주위에서도 곧바로 탄성이 튀어나왔다.

"열심히 준비했는데?"

"와… 쟤네 뭐야?"

재배치고사 때와는 비교도 안 되게 늘어난 실력.

무대를 여유롭게 즐기고 있는 학생들이 눈에 들어왔다.

한동우 기자는 저도 모르게 그대로 멈춰 서 버렸다.

저 모든 광경을 카메라에 담아야 하는데, 순간 넋을 놓고 말았다.

"이게 아니라 찍어야지!"

기자의 본분을 잊을 뻔했다.

한동우 기자는 허둥지둥하면서도 주변의 반응을 살폈다.

자신과 크게 다르지는 않은 얼굴들이다.

이미 봤던 무대임에도 감탄하는 재학생들과. 초면인 무대에 크게 충격받은 기자들까지.

다양한 반응들이 사방에서 터져 나왔다.

하지만, 이건 겨우 시작에 불과했다.

스르륵.

센터에서 한 바퀴를 빙 돈 신서진이 고개를 까닥이며 손을 들 었다.

딱.

손끝에서의 파열음을 기점으로 끝이 난 첫 곡, 〈하늘 바다〉.

그새 펑키한 의상을 챙겨 입은 친구들이 다시 천천히 앞으로 걸어 나왔다.

"이건 또 무슨 컨셉이지?"

"Future and past라던데."

"뭐야, 안무까지 다 창작한 거야?"

놀라는 건 거기까지.

씨익 웃은 신서진이 손뼉을 치며 앞으로 튀어나옴과 동시에.

"즐겨 볼까요?"

"와아아아악!"

무대가 시작되었다.

＊   ＊   ＊

Future and past.

한동우 기자 역시 그 노래를 들었던 적이 있었다.

유명 아이돌의 곡이기도 했고, 현대식 EDM 사운드가 딱 요즘 트렌드에 맞아떨어져서 음원 성적도 좋았다.

그런데.

이걸 이렇게 재해석할 거라고는 생각지도 못했다.

"와……."

화려하게 차려입은 의상, 개성이 확실한 펑키한 액세서리까지.

언제 준비했나 싶은 완벽한 패션 감각. 무대의 구성부터 이미 가산점을 주고 싶었지만, 노래가 시작함과 동시에 머릿속으로 이것저것을 열심히 계산하고 있던 두뇌는 그냥 멈춰 버렸다.

같은 노래 맞아?

두두둥. 짝.

여유 있는 허밍.

비트를 입으로 뱉어 내는 다섯 사람의 뜨거운 열기.

시작과 동시에, 관중석이 달아오르기 시작했다.

"제가 소리치면 여러분도 따라서 외쳐 주시면 됩니다!"

하나, 둘, 셋.

"워후!"

"워후! 워후! 워후!"

듣기만 해도 흥이 넘치는 빠른 비트의 펑키 사운드.

다행히도 기원전 세기말 대신 90년대의 리듬을 그대로 끌어온 듯한 향수가 관객들의 시선을 사로잡았다. 감각적인 신시사이저음이 더해져서 촌스러움을 덜어낸 계산적인 배치.

"한 번 더!"

"워어! 워어! 워어!"

뭐지. 그냥 가만히 있었는데 리듬을 타야 할 거 같다.

DNA에서부터 흥이 깨어나는 기분.

망설임 없이 앞으로 튀어나온 신서진이 비트를 그대로 춤으로 연결해 내자 행복한 비명이 곳곳에서 터져 나왔다. 그때까지도 벌어진 입을 다물지 못했던 한동우 기자는 뒤늦게 정신을 차리기 시작했다.

아니, 다시 정신을 놓고 말았다.

본격적인 첫 소절이 이제 시작되었으니까.

신서진이 싱긋 웃으며 앞으로 걸어 나왔다.

그리고.

그의 입에서 튀어나온 건······.

다름 아닌 랩이었다.

정신을 놓고 즐겨

여긴 네가 본 적 없는 past

지금은 다시 닿을 수 없는 future

나는 사실 잘 몰라 It's look a like a stranger

"랩을 한다고?"

"와, 미친."

상상조차 못 했던 포지션.

싱긋 웃으며 제 파트를 소화해 낸 신서진은 어깨를 으쓱이며 한 바퀴 돌았다.

미끄러지듯 자연스럽게 바통을 건네받은 유민하가 격한 춤을

추며 고개를 까닥였다.

그거 알아
조금씩 멀어지던 저 무대 위에
우리가 바라던 미래가 있다는 걸

시원시원한 고음 처리.

유민하는 역시 유민하다, 그 소리가 절로 튀어나오는 한 소절.

하지만, 오히려 더 돋보인 건 그 밑을 탄탄하게 받쳐 주고 있는 최성훈이었다.

"쟤는 또 누구야?"

그토록 무시하고 짓밟아도
결국 다 돌아오게 되어 있는걸
유행은 돌고 돌아
나는 다시 네 앞에 서 있어

여기는 무슨 괴물만 있나.

화음을 완벽히 깔아 주는 이다영에 다시금 감탄한 한동우 기자는 이유승의 파워풀한 춤 선에 다시 쓰러질 지경이었다.

미친.

기삿거리가 너무 많잖아.

프로 아이돌의 무대라고 해도 믿길 수준.

이유승의 랩은 흔들림 없이 자연스러웠다.

더 놀라운 건 후킹 파트.

EDM의 사운드와 90년대의 단순 비트를 교묘하게 섞인 리듬 위로 한눈에 따라 하기 쉬운 안무까지.

이리도 깔끔하게 딱딱 맞아떨어지는 무대가 있을까.

외쳐 다 지나간 일일 뿐인걸
더는 날 무시하지 말아

"워어! 워어! 워어!"
"꺄아아아!"
"외쳐어어!"

정신을 놓고 즐겨
여긴 네가 기다려 온 past
지금은 다시 뺄을 수 없는 future
나는 사실 잘 몰라 It's water under the bridge

"……."

흠을 잡을 데가 없다. 정말 단 하나도.

프로 아이돌의 쇼케이스 현장을 가도 아쉬운 점이 보였을 텐데.

이건 뭘까. 수많은 무대를 코앞에서 직관해 온 한동우 기자는 이내 혼란스러워졌다.

"신서진! 신서진! 신서진!"
"민하야아아!!"

무대를 제대로 휘어잡고 곡을 완벽히 이해한 듯 중간중간 보이는 죽여주는 표정 연기까지.

"한 번 뛸까요?"

"네에에에!"

경쟁에 미쳐서 무대를 즐기지 못했던 사람들이 많았다.

내가 알아서 잘하는 것보다.

'남들보다' 잘하는 게 중요한 것이 서울예고의 경쟁 시스템이었으니까.

재배치고사 때도 그러했다.

어떻게 해야 높은 점수를 받을 수 있을지, 옆의 학생들을 이기고 진급할 수 있을지. 그런 것들만 중요하게 느껴졌을 때가 많았으니.

하지만, 이게 바로 음악의 힘일까.

적어도, 이 자리에선 모두가 편견없이 무대를 즐기고 있다.

저들의 무대를 평가하고.

헐뜯고.

폄하하는 것이 아니라.

있는 그대로 아름다운 무대이기에.

모두가 최선을 다해 즐기려 한다.

외쳐 다 지나간 일일 뿐인걸

더는 날 무시하지 말아

네가 뭣도 아니라는 걸 아주 잘 알아

그저 허세란 걸

사방에서 쏟아지는 함성 소리와 폴짝폴짝 뛰면서 즐기고 있는 학생들.

"꺄아아아악!"

성공적인 무대다.

이 수많은 인파 중에 단 몇 명 빼곤 정신을 홀딱 빼놓았으니.

유감스럽게도 그 몇 명에 해당한 남이준은 갈 곳 잃은 카드만 만지작거리며 한숨을 내쉬었다.

"적응이 참 빠르네."

그새 저런 무대를.

"그렇지, 어떻게 저런 무대를……."

"음?"

"감동적이지 않아요, 학생?"

급기야 야광봉까지 꺼내 들 것 같은 한동우 기자는 감격한 두 눈을 끔뻑이며 남이준을 돌아보았다.

졸지에 눈이 마주친 남이준은 인상을 찌푸리며 한숨을 내쉬었다.

"하, 씨 내가 지금 이럴 때가 아니지."

"……."

"사진이라도 한 장 더 건져야지! 신서진 학생, 이쪽 봐요!"

폴짝폴짝.

그 꼬라지를 보고 있자니 한결 더 착잡해진 남이준은 부들대며 자리를 떴다.

그리고 그 자리에.

아까부터 팔짱을 낀 채 무대를 관람하던 한 남자가 앉았다.

인상이 좋아 보이기도, 때론 엄해 보이기도 한 남자.

한동우 기자의 옆에 앉자마자 능청스레 말을 건넨다.

둘은 구면이다.

한동우 기자는 반갑다는 듯 고개를 까닥였다.

"학생들이 아주 잘하죠?"

"아, 무대 보고 눈물 흘리고 있습니다. 당분간은 기삿거리가 끊기지 않을 거 같아서요."

"우리 애들 잘되게 해 주십쇼."

"아, 물론입니다."

허허, 하고 웃음을 터뜨린 남자는 허리를 꼿꼿이 펴며 고개를 들었다.

신서진에 관한 소식을 들었을 때 누구보다 그럴 리 없다고 부정했던 실음과 2학년 학생부장 이규필.

그런 그가 지금은 사뭇 다른 표정으로 무대 위의 신서진을 올려다보고 있었다.

스타의 재질.

그것이 반짝반짝 빛나고 있는 것을, 다른 누구도 아닌 본인의 눈으로 직접 확인했으니까.

"의외인걸?"

흐뭇한 미소가 사라지지 않을 거 같았다.

*   *   *

봄 축체가 끝이 난 후, SNS는 서울예고 축제 영상으로 도배되었다.

늘 그러했지만, 서울예고 축제 영상은 매년 꽤 인기가 있는 편이었다.

곧 데뷔하게 될 루키들을 찾기 위해 두 눈을 반짝이는 팬들. 신인돌들 너튜브를 탐방하다 못해 너튜브 알고리즘을 따라 서울예고 계정까지 오게 된 그들이 꽂힌 영상은 실음과 2학년의 특별 무대였다.

〈Future and past〉.

현시점, 유명 아이돌의 곡을 편곡하고도 악플 하나 보이지 않는 경이로운 무대.

이렇게 이 무대를 잘 살려 낸 팀이 다른 곳에도 있을까?

이들의 무대는 이미 각종 커뮤니티로 퍼져 나가 댓글이 줄줄이 달리고 있는 중이었다.

—얘네 뭐야? 와, 거의 데뷔한 돌삘 나는데?

ㄴ아니, 거의 데뷔 4년 차 짬빠인데? 눈빛 보임?

ㄴ표정 연기 죽인다…….

ㄴ얘들아 너네는 천재만재 아이돌이야 ㅠㅠ

ㄴ쟤 이름 뭐야? 처음에 랩 하는 친구

ㄴ신서진?

ㄴ지난번에 기사 뜬 애 아니야? 서울예고 음악 천재?

ㄴ이 친구가 편곡도 했대요

ㄴ뭐야 진짜 음악 천재였네 ㅋㅋㅋ

─의상 누가 입힌 거임? 의상부터 무대 분위기까지 그냥 찰떡인데. 거의 전문가 수준

└서을예고 재학생인데 저거 다 학생들이 한 거예요

└미친

└노래 컨셉, 헤메코, 애들 얼굴까지……. 걍 빠지는 데가 하나도 없음

└의상 고른 애들 엔터 취직시키면 안 되냐. 왜 내 돌은 개판으로 입히는 거지

─랩 하는 애 뭐임……. 진짜 딕션 듣고 뒤로 누움

└요새 어린 애들이 너무 잘생겨서 이 할미는 운다…….

└ㅋㅋㅋㅋㅋㅋㅋㅋㅋㅋ

└1:04 극락 좌표임 제 말 믿고 츄라이 츄라이

└와 미친 ㅋㅋㅋㅋㅋㅋㅋ

└여기 눈빛 지렸다.

└진짜 이거 보고 입덕할 것 같음. 이 정도면 입덕 직캠 아니야?

─퓨앤페 자체도 명곡인데 이렇게 잘 편곡할 줄은 몰랐다

└ㄹㅇ 그냥 커버한 느낌이 아니라 아예 새로 재해석한 것 같음

└안무 싹 다 갈아엎은 것만 봐도 정성이 보인다

└얘네는 그대로 데뷔시켜도 되겠다

└혼성그룹인 게 좀 걸리는데…….

└근데 애들 얼굴 합도 너무 좋아

─애들 무대 하는 거 너무 행복해 보여서 좋다. 데뷔 안 한 친구들의 파릇파릇함이 보이네

└데뷔하자 얘들아

ㄴ서진아 ㅠㅠㅠㅠㅠ

ㄴ유민하라는 애 눈빛 반짝이는 거봐. 쟤는 뜬다, 진짜.

ㄴ저 멜빵 입은 귀여운 애 이름 뭐예요?

ㄴ최성훈이요

"야, 여기 내 칭찬도 있다!"

"어, 그래."

"나 귀엽대."

"그분 안과 보내 드려라."

우걱우걱.

신서진은 밥을 크게 한입 밀어 넣고선 담담하게 말을 뱉었다.

최성훈은 짐짓 삐진 듯 고개를 처박고선 유민하를 돌아보았다.

"너도 댓글 봤어?"

"우리 영상 조회수 어제오늘 미친듯이 올라가더라."

희소식이다.

신서진에게는 다른 의미로.

특식으로 나온 요구르트를 신나게 마시던 신서진은 고개를 돌려 지팡이를 내려다보았다.

그의 카두케우스는 이전에 본 적 없었던 밝기로 환하게 빛나고 있었다. 역시 인터넷인지 뭔가 하는 전령의 파급력은 무시할수가 없다.

고작 며칠 만에 이 정도의 힘을 얻게 되었다니.

신서진은 다 먹은 요구르트를 내려놓고선 나직이 중얼거렸다.

"…결계에 투자해야 하나."

아무래도 신스타그램의 내용도 영 걸리고, 요새 들어서 싸한 기운이 느껴져서 말이다.

높은 확률로 신의 직감은 옳았다.

혹시 모를 상황을 대비해서라도 연약하기만 한 인간의 몸을 보호해 두는 것도 나쁘지 않았다.

심각하게 고민하고 있는 신서진의 표정을 포착한 최성훈은 두 눈을 동그랗게 떴다.

"무슨 일 있냐? 신나게 뛰어다녀도 모자란 판에 왜 이리 울적한 표정이야?"

"그럴 리가. 울적할 필요까지는…….'"

별생각 없이 고개를 돌리던 신서진은 잠시 멈칫했다.

"어?"

아까까지는 울적하지 않았는데, 아무래도 곧 울적해질 거 같다.

"신서진! 신서진!"

"음?"

"큰… 큰일 난 거 같은데?"

빨갛게 달아오는 얼굴로 헐떡이며 달려온 것은 이다영이다. 신서진은 놀란 얼굴로 두 눈을 끔뻑였다. 저 소리를 최성훈이 했다면 그냥 흘려 버렸겠으나…….

이다영은 좀처럼 호들갑을 떨지 않는 성격이었다.

유민하와 최성훈 역시 당황한 표정으로 되물었다.

"왜? 무슨 일 생겼어?"

"어… 그게…….'"

이다영은 우물쭈물하며 머리를 긁적였다.

자신도 급하게 들은 소식이라 무작정 달려오긴 했지만, 정확히 무슨 일인지는 모르는 상태였다.

"잘은 모르겠는데… 너네 지금 교무실로 오래."

교무실?

교무실은 왜?

*　　　　　*　　　　　*

2학년 학생부장 이규필은 천천히 책상 위의 서류를 넘겼다.

작년 1학년 3월에 작성해 두었던 첫 월말 평가 성적이었다.

"유민하 보컬 1위."

"네, 그렇죠."

"이유승 안무 1위."

"둘 다 유명하죠."

그래, 이 둘은 원래 유명하니까.

그렇게 한참을 넘기던 이규필은 심호흡을 하며 천천히 입을 뗐다.

"신서진 이 친구는……. 보컬 87등, 안무 89등. 연주 수업도 90등."

"……."

"거의 다 바닥 깔았네."

그야말로 처참한 성적.

주영준 선생은 침을 삼키며 고개를 끄덕였다.

사실이었다. 선생들의 눈이 단체로 잘못된 게 아니라면 저 성적이 맞았을 것이므로.

"그러니까, 3월 초의 내 눈은 정확했다 이거지. 분명 여기 어떻게 들어왔나 싶을 정도로 형편없던 친구니까."

오죽했으면 잘한다는 최서연 선생의 말을 듣고도 믿질 못했을까.

이규필은 지끈거리는 머리를 감싸쥐었다.

"같은 놈이라고 생각하기엔 너무……."

그러니까, 너무 완벽했다.

봄 축제 때 자신이 직관한 그 무대는 정말 학생들의 무대가 맞나 싶을 정도로 수준이 높았다. 과장을 좀 보태면 다듬어서 데뷔시켜도 될 수준이었으니까.

다른 학생들에게 묻어 가서 얻어 낸 성과였다면 차라리 그러려니 하겠다.

그런데 센터를 맡아서 무대를 선보인 신서진은 말 그대로 무대 위에서 날아다녔다.

딱 중심이 되어 무대를 안정시키는 묘한 매력.

이규필이 내리 찾아오던 이상적인 센터의 모습이기까지 했다.

"내가 사람을 잘못 봤어."

"아뇨. 부장님은 잘못 보신 게 아니라 그 친구가……."

"그게 잘못 본 거야. 나는 여태까지 사람은 고쳐 쓰는 게 아니라고 생각했거든."

이 바닥에 들어와서 숱한 연예계 지망생들을 봐 왔다.

능력이 안 되는 녀석들은 싹수부터 달랐다.

하나를 알려 줘도 절반도 못 얻어 가는 멍청한 녀석들.

그런 애들은 지레 포기해 버렸다.

철저히 기업적인 입장이었다. 하나를 배워도 100을 얻어 가는 애들이 널려 있는 입장에 굳이 그런 애들을 키울 이유가 없으니까.

그렇게 생각했었다.

하지만 완전히 틀린 생각이었다.

'절반을 배운 게 아니었어.'

조금 늦게 깨달은 것일뿐.

뒤늦게 재능이 저토록 환하게 빛나는 원석들을, 자신이 그동안 놓쳐 왔던 것이 아닐까.

이규필은 씁쓸한 미소를 띤 채 신서진의 사진 옆에서 툭툭, 손가락을 굴렸다.

"그래서 만나 보시려고요?"

"그래야지."

대체 몇 개월 사이에 무슨 일이 있었는지, 직접 들어 봐야겠다는 생각.

거기에 더해 조금은 특별한 제안을 하고 싶은 심정으로 불렀다.

"저기 오네요."

서울예고를 책임지게 될 새로운 새싹들을 말이다.

*　　　*　　　*

"안녕하세요!"

"이유승이라고 합니다!"

"유민하입니다……!"

왜들 그리 굳어 있어.

이규필은 너털웃음을 터뜨리며 셋더러 앉으라고 손짓했다.

유민하는 그제야 편해진 얼굴로 두 눈을 굴렸다.

아니, 이유승과 자신을 불렀다면 그렇다 쳐도. 선배에게 주먹 날린 애랑 같이 부르다니 좀 불안하잖아.

신서진은 별생각 없는 듯 고개를 까딱이고 있었지만 말이다.

이규필은 두 손으로 턱을 괴고선 잠시 뜸을 들였다.

바로 본론부터 들어가는 것보다는 이게 나으려나.

"축제 무대 잘 봤다. 다른 게 아니고 얘기 좀 나누고 싶어서 부른 거다."

"헉, 감사합니다!"

"인터뷰 제안도 많이 왔어. 이번에 아주 반응이 좋아. 너네 누구냐고, 엄청 난리 났더라."

"진짜요?"

다섯 명 모두 반응이 상당히 뜨거웠지만 그중에서도 가장 스타성이 돋보이는 것은 이 셋이었다.

표정 연기를 타고났나 싶을 정도로 보고 있으면 스윽 빨려들어 가게 만드는 유민하와 춤에 군더더기가 없이 강약 조절을 완벽하게 하는 이유승. 마지막으로 어느 파트 하나 부족한 것 없이 찰떡으로 소화하는 신서진까지.

이규필은 잠시 고민하다가 천천히 본론으로 들어갔다.

"서진이에게 궁금한 게 하나 있는데."

"네?"

"이번 무대, 어떻게 한 거냐?"

끔뻑.

다소 뜬금없는 이규필 부장의 질문에, 신서진은 잠시 생각에 잠긴 듯 큰 눈을 굴렸다.

이규필은 흐뭇한 미소를 지으며 그의 대답을 기다렸다. 편하게 말해도 되니, 서진의 생각이 듣고 싶었다.

그런데.

"잘— 했습니다."

"으응…?"

"열심히— 했습니다."

응, 아니야. 이거 아니야.

뒤늦게 이상함을 감지한 유민하가 화들짝 놀라며 신서진의 어깨를 툭 쳤다.

이규필은 너털웃음을 터뜨리며 수습했다.

"아니, 내가 너무 질문을 어렵게 했구만. 이번 무대를 준비하면서 서진이가 가장 힘들었던 거 있나?"

본인의 약점이라고 생각하는 파트에 가장 애를 썼겠지.

보컬부터 안무, 연주까지. 어느 것 하나 잘하는 게 없었으니 사실상 백지였겠지만 말이다.

"제가 힘들었던 거요?"

"편하게 말해 봐."

"없었는데요."

…뭐야 얘는?

"전 다 잘합니다."

퍽.

보다 못한 이유승이 신서진을 옆구리를 찔렀다.

"야, 양심 없냐."

"팩트잖아. 구구절절이 맞는 말이지."

"……."

"하하, 서진이 다 잘하지. 그래, 그래애……."

아직 마음의 문을 열기는 어려운 모양이다.

이규필은 손을 휘저으며 다음 화제로 넘어가기로 했다.

굳이 못했던 시절을 상기시켜 잘하고 있는 애를 스트레스 줄 필요가 없으니까.

봄 축제가 끝난 후에 이규필은 녹화되어 있던 서진의 지난 무대들을 하나씩 돌려 봤다.

그중에는 안무를 전부 외워 버릴 정도로 열 몇 번 이상 본 것들도 포함되어 있었다.

특히 기타를 들고 백텀블링을 했던 그 무대는, 차마 탄성 없이는 볼 수 없을 정도였다.

관객들의 시선을 생각한 파격적인 구성.

다른 사람들이 보지 못하는 시선에서 허점을 혹 치고 들어간다.

대중의 관심을 받는 방법을 가장 잘 알고 있는 친구가 아닐까.

그 무대들로 확신했다.

굳이 과거를 파헤치지 않아도 충분했다.

그러니, 이게 결론이다.

이규필은 세 학생을 돌아보며 묵직한 한마디를 꺼냈다.

앞으로 이 친구들의 인생을 바꿀지도 모를 무겁지만 희망적인 제안.

"너네를 데뷔 클래스로 보낼 생각이다."

"네?"

"데뷔 클래스요?"

"진짜로요?"

서울예고에서 전 학년 통틀어서 총 10명.

단 10명만 뽑는 그 데뷔 클래스를……

"네… 네네? 데, 데뷔 클래스요?"

"저희가 들어간다고요?"

*   *   *

데뷔 클래스.

국내 3대 기획사 중 하나인 SW 엔터에서 KPOP 스타를 적극 양성하기 위해 만든 서울예고. 그중에서도 데뷔 클래스는 데뷔가 유력한 학생들만 모아 놓은 곳이다.

쉽게 말해서 '데뷔조.'

그 들어가기도 힘들다는 대형 기획사의 데뷔조에 들어가게 된 셈이었다.

물론 거기서 살아남는 것부터 진짜 전쟁이고, 들어간 것만으로 데뷔가 확정된 것도 아닐 테지만……

그럼에도 모두가 선망하기에 충분한 위치이자, 부러워서 미칠 지경인 자리였다.

급식실 중앙으로 걸어가자 모세의 기적처럼 양옆으로 길이 쭉 열린다.

신서진은 부담스러울 정도로 쏟아지는 시선들을 느끼면서 피식 웃었다.

한 팀에서 세 사람이나 데뷔 클래스에 합격하게 된 이례적인 상황.

당연히 이 정도 주목을 받을 수밖에 없었다.

"쟤네가 데뷔 클래스에 들어갔다고?"

"그럴 만하잖아."

"아니, 그래도 신서진이 그 정도는 아니지……."

"무대 못 봤냐?"

"야, 충분히 잘하더라."

"작년까지 쟤 모습을 생각하면……."

원래 바닥을 기고 있던 애가 치고 올라오면 더 아니꼬운 법.

신서진에게 자격지심을 가지고 있던 학생들이 뒤에서 수군대었다.

그래 봤자 일말의 타격감도 없는 수준.

별생각 없이 음식을 받고 있던 그때, 유민하가 갑자기 말을 걸어왔다.

"야, 무시해."

"……."

"어차피 다 질투 나서 그러는 거야. 너 잘나가기 시작하니까

배 아픈 거라고."

대답 대신 식판 가득 고기 반찬을 담았다.

유민하는 그런 신서진을 슬쩍 보고선 침을 삼켰다.

"아, 이미 무시하고 있구나."

"그렇지."

"하긴, 그러게. 내가 누굴 걱정하냐."

유민하는 황당하다는 듯이 웃음을 터뜨리고선 제자리로 돌아갔다.

신서진 역시 피식 웃으며 앞자리에 앉았다. 그새 수북이 반찬을 얻어 온 최성훈이 호들갑을 떨며 손을 흔들었다.

"이야, 데뷔반 친구들!"

"으응."

"내가 살다 살다 데뷔반을 이렇게 가까이서 보네. 와……. 우와……. 진짜… 와……. 감격스러워서 밥이 안 넘어갈 거 같아."

"적당히 해라."

"넹."

숟가락을 툭 내려놓으며 던진 이유승의 한마디에 최성훈은 빠르게 입을 닫았다. 그래 봤자 헤실거리는 저 표정은 그대로였지만. 표현은 저렇게 해도 좋아하는 티가 난다. 특히 지난 월말 평가까지 간절함에 매달렸던 유승에게선 없던 여유까지도 느껴졌다.

유민하야 좋으면서도 내색을 잘 하지 않는 편이다. 오히려 현실적인 말까지 이어졌다. 데뷔 클래스에 들어가게 된 건 큰 행운이지만, 진짜 싸움은 이제부터라는 것.

"이제 시작이지. 데뷔 클래스 한 번 들어간다고 고정도 아니잖아. 데뷔 때까지 유지하려면 월말 평가도 더 잘 봐야 할 거고. 연습량도 장난 아니던데."

"그건 맞지. 선배들이 그랬는데, 잠잘 시간도 없다던데? 주기적으로 데뷔 테스트에 카메라 테스트까지 본다면서. 애초에 그게 몸이 남아나냐? 가능한 스케줄이긴 해?"

"어쩌겠어, 안 할 수는 없잖아."

신서진은 어려운 말들을 주고받는 유민하와 이유승을 번갈아 돌아보며 조용히 밥이나 먹기로 했다.

고기 쌈을 한입에 욱여넣은 최성훈은 웅얼거리며 말을 뱉었다.

"야, 근데 데비 클라쓰에선 머 배운대?"

"글쎄. 아직 안 들어가서 모르는데. 야, 뭐 배우는지 알아?"

"…그건 유민하가 알지 않나?"

"응?"

최성훈의 한마디에 신서진과 이유승이 동시에 유민하를 돌아보았다.

이 그룹 사이에선 나름 누르면 나오는 지식 자판기의 역할을 하고 있긴 하지만…….

유민하라고 모든 걸 다 아는 건 아니다.

어렴풋이 선배에게 듣긴 했어도 자세히는 모른단 말이지.

유민하는 대답 대신 어깨를 으쓱여 보였다.

"가면 알겠지?"

그렇게 말하며 다시 급식에 집중하려던 순간이었다.

갑자기 위편에서 낯선 목소리가 들려왔다.

"가창, 춤, 연기, 패션, 외국어, 악기, 그밖의 자율 연습, 연습, 그리고 또 연습이지."

3학년의 한시은.

그녀가 긴 생머리를 찰랑거리며 이쪽으로 걸어왔다.

의자를 살짝 뒤로 빼고선 대각선에 앉은 한시은 선배는 여유 있게 손을 흔들어 보였다.

예상치 못한 그녀의 등장에 놀란 유민하의 두 눈이 동그래졌다.

"헉, 선배님!"

"와, 여기는 무슨 일이세요?"

최성훈과 유민하가 생글거리며 말문을 여는 사이, 한시은의 눈빛이 신서진에게 꽂혔다.

동아리에 처음 스카우트했던 그때부터, 한시은의 관심은 온통 신서진에게 쏠려 있었다.

크게 될 아이.

늘 그렇듯 제 직감은 정확했으니까.

"데뷔 클래스 들어왔다며?"

한시은은 환하게 웃으며 축하를 건네었다.

Chapter. 4

"데뷔 클래스 들어온 거, 진심으로 축하해."

한시은의 목소리에는 여유가 묻어 있었고, 덕분인지 더 진심 어린 축하로 느껴졌다. 강현 같은 인간들만 있을 거라 생각했던 학교에서 처음으로 제대로 된 선배를 만나는 기분이다.

늘 그렇듯, 그런 여유는 실력에서 나온다.

서울예고의 10명밖에 되지 않는 데뷔 클래스에는 한시은도 포함되어 있었다. 명실상부 데뷔 클래스의 능력자이자 고인물.

우리와 비슷하게 2학년 초에 데뷔 클래스에 들었다고 했으니 무려 1년 넘게 그 자리에서 버티고 있었던 셈이었다. 그 때문인지 유민하의 눈빛이 한층 반짝이고 있었다.

한시은은 씨익 웃으며 말을 뱉었다.

"될 거 같았어. 축제 때 너네 무대만 보이더라고."

"감사합니다!"

"그렇죠, 선배님! 좀… 대박이긴 했죠? 저희도 하고서 감격했 거든요. 딱 그 생각이 드는 거예요. 와, 찢었다……. 전 얘네 데 뷔 클래스 갈 줄 알았어요. 연습할 때부터, 진짜 죽여주게 잘했 다니까요."

"야, 최성훈 제발 호들갑 좀 그만해 봐."

"…쟤 원래 저래요."

"아, 제 진심을 알아 주세요! 저는 선배님 팬입니다."

"그래, 그 정도로 잘하더라니까. 특히……."

왜 이쪽을 보시는 건지.

한시은 선배는 피식 웃으며 신서진을 손가락으로 가리켰다.

"너, 표정 연기 잘하던데. 무대 별로 서 본 적 없는 거 맞아?"

"제가 좀 잘하죠."

"그렇지? 그냥 연기도 해 봐. 데뷔 클래스 갔다고 동아리 활동 소홀히 하지 말고. 너, 이쪽에 소질 있다니깐."

지난번 그 관종 연기를 보고도 저 소리가 나오는 건 조금 신 기하다.

신서진은 한시은의 칭찬을 있는 그대로 받아들이고선 뿌듯해 하고 있었지만, 그 장면을 직관한 유민하는 머리를 긁적일 뿐이 었다.

이쯤 되면 색안경도 아니고 물안경을 쓰고 보고 있는 건 아닐 까.

다행히 이유승이 화제를 돌려 물었다.

데뷔 클래스 선배인 한시은에게 조언을 듣기 위함이었다.

"선배도 데뷔 클래스셨죠? 어때요? 많이 빡세요?"

"빡세지. 서울예고에서도 날고 기는 애들 열 명 붙여 놨는데 평화로울 리가 있나."

생각만 해도 끔찍한지 혀를 내두르던 한시은은 말을 이어 갔다.

"뭐, 그래도 배우는 건 크게 다른 건 없어. 그냥 수업 끝나고 추가 안무 수업 있고, 작곡이나 아까 말했던 것들 추가로 배울 사람은 배우고. 매달 데뷔 클래스반은 따로 시험이 있는 게 가장 스트레스긴 하지. 월말 평가도 준비해야 하는데, 따로 데뷔 평가도 봐야 해. 또, 거기서 나가리 되면 다음 데뷔반 때 떨어질 수도 있거든."

정말이지 무한 경쟁이다.

여기까지 들어온 것도 쉬운 일이 아니었을 텐데 거기서 또 서열을 나눈다니.

이유승은 머리를 짚으며 한숨을 내쉬었다. 표정이 썩어 들어가는 건 신서진도 마찬가지다.

그나마 멘탈이 강한 유민하는 주먹을 꽉 쥐고선 다짐했다.

"저는 할 수 있을 거 같아요! 최선을 다해 봐야죠."

"그래, 분명 좋은 기회니까 열심히 해 봐. 내가 봐도 너네는 잘 해낼 거 같네."

"감사합니다!"

한시은은 피식 웃다가, 뒤늦게 무언가 생각난듯 두 눈을 크게 떴다.

늘 침착한 표정답지 않게 갑자기 낯빛에 생기가 돌기 시작했다.

이럴 때 꼭 나오는 거.

바로 남 욕이다.

포장하자면 후배들을 위한 조언.

"얘들아, 귀 좀 대 봐 봐."

한시은은 살짝 의자를 뒤로 젖히고선 목소리를 낮추었다. 이번에는 같은 데뷔 클래스 멤버들 얘기였다.

"다 괜찮은데 너네가 피해야 할 사람들이 몇 있거든……?"

데뷔 클래스 생존을 위해서라도 주워들어야 하는 내용.

당연하지만 튀는 사람, 승부욕이 강한 사람, 이기적인 사람까지. 여러 부류의 인간들이 모여 있는 데뷔 클래스지만 분명 조심해야 할 사람 몇 명이 있다.

유민하는 한시은을 따라 자세를 낮췄다.

"너네, 제이 알지?"

"어, 그 데뷔 앞둔 선배 아니에요?"

"알아요!"

서을예고에 인맥도 없고 남들에게 관심도 없는 신서진조차 들어 본 이름.

축제 때 기자들 눈에 들어서 크게 한 방 뜬 후에 데뷔 클래스에 들어가서 데뷔를 앞두고 있는 선배.

최성훈이 기사 뜨는 게 얼마나 중요한지 아냐면서 저 선배 얘기를 몇 번이고 했었다.

꽤 유명한 사람인 데다가 2학년에겐 동경의 대상.

아니나 다를까, 녀석의 눈빛이 반짝이고 있었다.

"제이 선배가 왜요?"

"걔 꼰대거든. 그것도 엄청."

"…아, 진짜로요? 말도 안 돼. 이미지는 엄청 좋잖아요."

한시은은 격하게 손사래를 치며 말을 뱉었다. 웬만해선 남 얘기 옮기는 걸 좋아하지 않지만, 제이는 2학년들이 가장 피해야 할 대상이었기 때문이다.

싸가지 없는 놈들도 많고, 꼰대도 많지만…….

제이, 걔는 진짜 안 돼.

"그거 다 이미지야. 어쨌든 너네 이건 잊지 말고 딱 기억해! 만나서 알은척도 빠릿빠릿 해 주고. 안 그러면 후회한다."

"네!"

유민하와 이유승의 눈빛이 반짝이는 걸 봐선 되게 중요한 포인트인 거 같은데.

일단 한시은을 똑바로 바라보고선 고개를 끄덕였다. 저렇게까지 강조하는 거면, 답인지는 몰라도 일단 외워 가야 한다. 이 바닥은 눈치가 전부라고 강조했던 아폴론의 말도 있었으니.

메모라도 따로 해 둬야 하나.

꼰대… 꼰대라고…….

"꼭 기억해 두겠습니다!"

아, 그런데.

저게 무슨 의미지?

＊　　　　＊　　　　＊

방과 후에 특별히 진행되는 서울예고의 데뷔 클래스.

최상의 강사진은 물론 졸업 때까지 데뷔 클래스에 소속되면 데뷔는 확정이다. 각종 홍보와 푸시를 생각하면 모든 서울예고 학생이 갈망할 만도 했다.

뭐, 그건 초짜들의 이야기고.

이미 데뷔가 확정된 사람들은 초심을 잃기도 한다.

제이가 그랬다.

특색 있는 색깔과 보이스로 월말 평가 심사 위원들을 사로잡았던 제이는 처음 데뷔 클래스에 들어올 때의 초심 따위는 다 내던진 상태였다.

적어도 이 학교 한정으론 자신의 인지도를 이길 사람이 없고, 벌써부터 어린 나이에 성공 가도를 달리고 있다. 그뿐인가. 선생님과 회사 사람들은 너무도 당연한 칭찬들을 늘어놓는다.

곧 데뷔하게 될 서울예고의 라이징 스타.

제이에게는 이곳이 완전 자신만의 세상이었다.

"새로운 데뷔 클래스 후배들 들어온다네. 한번 인사해 줘."

"오빠, 바빠 죽겠는데 무슨 일반인까지 데려와."

같은 데뷔 클래스라고는 해도 솔로로 데뷔할 자신이 엮일 애들은 아니다.

연습실에서 연습하는 데뷔 클래스 학생들과 달리 제이는 데뷔 전 스케줄에 바쁜 터라 따로 대기실에 나와 있었다. 그런데 굳이 귀찮게 여기까지 따라올 줄이야.

"진짜 짜증 나게. 내가 걔들까지 봐야 돼?"

"나중에 걔들 데뷔하면 선후배로 지낼 거 아니야. 같은 학교 출신이고……. 잘해 줘."

"선후배는 무슨, 데뷔할지도 모르는 애들이잖아. 아, 귀찮아!"

매니저를 향해 싸늘하게 말을 뱉은 제이는 화장을 하다 말고 거울을 내려놓았다.

똑똑.

그새 문앞에 다가온 후배들이 밖에서 기다리고 있었기 때문이었다.

제이는 신경질적으로 한숨을 뱉고선 매니저를 향해 쏘아붙였다.

"아, 몰라. 들어오라고 하든가."

끼이익.

문이 열리고 교복을 입은 학생 세 명이 쭈뼛쭈뼛한 자세로 들어왔다.

'뭐야, 저 촌스러운 애들은.'

딱, 학생답다. 그 소리가 절로 나오는 모습이었다.

"안녕하십니까! 이번에 데뷔 클래스에 새로 들어온······."

"알아. 누군지. 귀찮으니까 문 좀 닫아 줄래."

"···네!"

한 놈은 보컬로 유명했던 유민하고, 한 놈은 원래 춤으로 이름 좀 날렸던 이유승이고······.

제이는 천천히 세 명을 훑다가 떨떠름한 표정으로 신서진을 돌아보았다.

"쟤는 뭐야?"

"신서진 학생이라고, 데뷔 클래스 멤버라는데."

"누군지 모르는데? 우리 학교에 그런 애도 있었어?"

스케줄이 바빠서 학교에 잘 오지도 않으니 모를 법도 했지만, 면전에 대고 저 말을 뱉어 낸다는 것 자체가 쉽게 볼 성격은 아니다. 유민하는 속으로 한시은의 말을 떠올리며 공감했다.

물론 제이만 신서진을 재단하고 서 있는 것은 아니었다.

신서진 역시 단번에 그녀의 성향을 파악했다.

자신을 치켜세우기를 좋아하고 아부에 환장하는 성격이다. 거슬리지 않는다고는 말할 수 없으나, 굳이 따지자면 다루기는 쉬운 편이었다.

신서진은 당당하게 앞에 걸어 나가서 인사를 건넸다.

"신서진이라고 합니다."

"좀 했나 봐, 축제 때? 그러니까 이렇게 듣보잡도 데뷔 클래스에 넣어 주지. 날고 기는 애들이 워낙 많아서 살아남는 게 좀 힘들겠지만."

"열심히 했습니다."

제우스의 서자로 태어났다. 남들이 부러워할 자리일지 몰라도 목숨을 부지하기에 좋은 출신은 아니었다. 태어날 때부터 목이 날아가지 않게 적당한 비위를 맞춰 가며 살아왔다.

주위의 예쁨을 받고 영향력을 키워 갈 때까지, 그 모든 것이 맨입으로 만들어 낸 결과물은 아니었다.

그러니, 이런 허영심 많은 인간을 상대하는 것쯤은 어렵지 않다.

계산을 마친 신서진은 제이를 부드럽게 응시했다.

첫 번째는 공감.

저런 류의 인간은 자신을 알아주는 것을 좋아한다.

한시은에게 들었던 이야기들을 조금씩 풀어서 공감해 주면, 그만한 수가 없을 터였다.

"선배님에 관한 말씀 많이 들었습니다."

"당연하겠지. 내가 좀 유명한 것도 아니고 엄청 유명하잖니?"

예상했던 반응이다. 아까까지는 살벌했던 제이의 표정도 조금씩 우호적으로 바뀌고 있었다.

역시 단순한 성격이다. 신서진은 이미 여유롭게 웃으며 다음으로 쳐야 할 멘트를 확정했다.

두 번째는 아부였다.

"실제로 보니까 역시 선배님에 대한 소문들이 전부 사실인 거 같네요."

"다들 뭐라 했는데? 뭐, 패션 센스가 죽인다고? 아니면… 실물이 낫다고?"

"그거야 너무 당연한 소리들 아닙니까."

"뭐야, 너 제법인데? 입 좀 털 줄 안다? 이렇게 눈치 빠른 애를 어디서 주워 왔어?"

너무 뻔한 소리들은 가볍게 넘긴다.

신서진은 천천히 고개를 저으며 입가에 미소를 띠었다.

마지막은 질문.

상대의 장점을 되물으면서 한 번 더 아부를 상기시켜 주는 행위랄까.

분노에 가득 차 있던 헤라를 상대할 때도 비슷한 수로 화를 진정시키곤 했다.

"선배님께 그러지 않아도 궁금한 게 참 많았었는데요."

"나한테?"

여기에 미리 알아 온 칭찬과 정보를 살포시 더하면······.

완벽한 아부가 완성된다.

"혹시, 꼰대세요?"

*　　　　　*　　　　　*

"으··· 으응? 응?"

제이는 멍한 얼굴이 되었다.

평상시라면 화부터 냈겠지만, 쉽사리 충격에서 헤어나올 수가
없었다.

'혹시, 꼰대세요?'

뭐지? 내가 뭘 들은 거지······?

폭탄 같은 발언을 던진 신서진은 자신의 앞에서 두 눈을 반짝
이고 서 있었다.

마치 아무 일도 없었다는 듯이 순진무구한 얼굴로.

고도의 물 먹이기일까.

자신을 질투하고 음해하는 놈들이 한둘이 아니었지만, 이렇게
면전에 대고 엿을 먹이는 후배는 없었다.

제이는 기가 찬다는 듯 작게 중얼거렸다.

"···미친놈인가?"

"네? 다행히도 멀쩡합니다!"

저게 뭐라는 거야.

"쟤, 돌았나 봐."

"야… 야야!"

이미 패닉에 빠진 유민하가 뒤늦게 정신을 차리고 앞으로 달려 나왔다.

다른 사람도 아니고, 악명이 자자한 제이 앞에서.

실언을 흘린 수준도 아니고 그냥 쏟아부었다.

수습은 오늘도 유민하의 몫이었다.

다급한 말이 그녀의 입에서 흘러나왔다.

아, 씨. 큰일 났네.

"꼰대 선배님……?"

"조용히 해!"

"이거 아니야?"

"죄송합니다, 죄송합니다!"

"으악! 대체 뭐가 문제인 것… 읍읍! 읍!"

질질.

신서진의 목덜미를 낚아챈 유민하가 어색한 미소와 함께 그를 끌고 나갔다.

순식간이었다.

쾅.

"……"

닫힌 문을 노려보며 제이는 싸늘한 표정이 되었다.

＊　　　　＊　　　　＊

서울예고의 봄 축제 영상. 너튜브 알고리즘 때문인지 벌써 꽤 조회수를 모은 영상은 호평 일색인 댓글들로 도배되어 있었다. 그중 단연 가장 많이 언급되는 것은 2학년 A반의 신서진 학생.

바쁜 스케줄도 스케줄이지만, 제이는 겨우 이런 허접한 축제에는 관심이 없었다.

애들 장난이라고 생각했다. 그렇기에 축제 때에도 별다른 준비 없이 대충 무대에 섰다.

누군가에게는 절실할 저 축제가 그녀에겐 그저 귀찮은 스케줄 중 하나일뿐이었다.

가성비도 떨어지고 관객도 소박하기 그지없는 그런 스케줄.

그래서 이런 시답지 않은 영상을 찾아보게 될 줄은 몰랐다.

그것도 자기 손으로.

영상을 끝까지 본 제이의 입에서 한마디가 튀어나왔다.

"재능은 있네, 싸가지는 없어도."

"그러게. 엄청 잘한다. 지금 당장에라도 데뷔시켜도 되겠는데? 야, 너보다도 표정 연기가 좋은 거 같……."

"……."

아무 생각 없이 호들갑을 떨던 매니저는 제이의 싸늘한 눈빛에 입을 다물었다.

"장난하는 거지?"

"하하, 네가 훨씬 더 잘하지. 지금 보니까 그래도 애는 애다. 허접하네, 아직은."

"왜 마음에도 없는 소리를 해, 열받게."

아, 저 싸가지.

매니저는 뒤에서 이를 악물고선 제이의 비위를 맞춰 주었다.

괜히 삔또 상했다간 일주일은 가는 게 기본이니까. 금세 기분이 좋아진 제이는 어깨를 으쓱이며 중얼댔다.

"뭐, 봐 줄만은 하네."

사실 이 정도면 제이 입장에서는 엄청난 칭찬이었다.

그녀가 다른 가수를 향해 조금이라도 좋은 소리를 뱉어 낸 적이 없다시피 했으니.

물론, 그렇다고 해서 신서진을 보는 시선이 고와진 것은 아니었다.

"흐음, 잘해서 더 짜증나."

실력이 있는 놈이라면 자신의 앞에서 꿇어앉히고 싶은 것이 제이의 바람이었으니까.

그래서 미소를 띤 채 물었다.

"오빠, 나, 얘 좀 궁금하거든."

"으응?"

불길한 느낌이 든다. 매니저는 큰 눈을 굴리며 제이의 눈치를 살폈다.

신서진이라는 녀석이 제이를 제대로 건드린 것은 맞지만, 이렇게 본격적으로 나설 줄은 몰랐다.

제이의 입에서 저런 말이 튀어나왔다는 건, 이미 녀석을 담글 생각까지 머릿속에서 정리가 되었다는 소리다. 한번 물어 버린 대상은 놓은 적이 없었으니까.

'제발, 그런 관심 가지지 말았으면 좋겠는데.'

매니저의 바람대로 될 리가 없었다.

재킷을 어깨에 걸친 채 교내 휴게실을 나선 제이는 고개를 홱 돌리고선 당당하게 말을 뱉었다.

"한번 알아봐 봐. 뭐 하는 애인지, 그냥 전부 다."

"어… 어? 갑자기? 제이야! 제이야!"

그 한마디만 남기고 제이는 가차없이 문을 닫아 버렸다.

쾅!

홀로 남겨진 매니저는 한숨을 푹 내쉬었다.

아직 정식 데뷔도 안 한 애가 대중들이 좋아해 주니 아주 싸가지가…….

"에휴, 그러다가 훅 간다."

매니저는 혀를 차며 제이가 두고 간 음료수를 치웠다.

*   *   *

휴게실을 박차고 나온 후, 제이는 구두를 또각거리며 복도를 걸었다.

수업 시간이 조금 지난 시각이라 복도에는 학생들이 없었다.

그녀의 구두 소리만 울려 퍼지는 고요한 학교.

제이는 립밤을 바르면서 나직이 중얼거렸다.

"오랜만에 와도 변함없이 구닥다리야."

서울예고는 신설이라 나름 시설이 좋은 편에 속했지만, SNS 인플루엔서로 데뷔 전 여러 스튜디오를 들락날락한 제이의 눈에는 전혀 차지 않았다.

이 정도면 스타병 말기였다.

"이 거지 같은 학교 빨리 뜨고 싶은데."

지긋지긋한 수업 일정이 있는 터라 뺄 수도 없는 상황이었다.

제이는 한숨을 내쉬며 읊조렸다.

"아, 다 지겨워."

그나마 재밌는 게 하나 있다면, 갑자기 나타난 그 싸가지 자식
이려나?

제이는 신서진에게 어떻게 엿을 먹일지 고민하며 콧노래를 흥
얼거렸다.

그 순간이었다.

"여기는 왜 오신 거예요!"

오른쪽으로 꺾어 돌아서려던 제이는 느닷없이 들려온 소란에
두 눈을 크게 떴다.

"이러시면 어떡해요. 제발, 다른 데라도 가서."

저건 뭐지?

제이는 벽에 붙어 서고선 고개를 빼꼼 내밀었다.

나이가 좀 되어 보이는 중년의 아저씨와 그런 그를 말리고 있
는 한 학생의 실랑이.

명찰을 보니 2학년생인 거 같은데.

안절부절못하는 기색이 상당히 난처해 보이는 얼굴이었다.

"다른 곳은 무슨 다른 곳이야!"

"제 입장도 생각을 해 주셔야죠."

다시 한번 고개를 내민 제이는 눈썹을 크게 들썩였다.

어? 쟤는 그때 걔 아니야?

어디서 많이 본 얼굴인가 했는데, 뒤늦게 생각났다.

'혹시, 꼰대세요?'

신서진이 싸가지 없는 발언을 던졌을 때 딱 저런 표정을 하고
선 뒤에 서 있었던 거 같은데?

"신서진… 친구?"

제이의 두 눈이 반짝였다.

*　　　　*　　　　*

이유승은 침을 삼키며 연신 눈앞의 남자를 말렸다.

기어코 학교까지 불도저처럼 찾아오고 말았다. 그토록, 그토
록 막아 보려 했는데도.

그는 유승의 아버지였다.

"언제까지 이러고 있을 거야. 학비도 한두 푼이 아닌데, 네가
제정신이야?"

"장학금 받으면 돼요."

"네가 받을 수는 있냐? 그래서, 받아 왔어?"

"……."

서울예고 학비는 예고들 중에서도 톱급이었다. 그나마 형편이
나았던 예전이라면 몰랐지만 지금은 그 자체만으로도 크나큰 부
담으로 다가왔다.

이유승이 어려서부터 가수를 꿈꿨다는 것을 몰랐던 것도 아
니었다.

그저 허황된 꿈이라고 생각하면서도 나름 지원해 줄 생각이었
다.

적어도 그때까지는. 집이 하루아침에 이 지경이 될 줄은 몰랐

으니까.

그라고 해서 이런 얘기를 꺼내는 마음이 가벼운 것은 아니었다.

하지만, 현실적으로 버틸 수 있는 상황이 아니었다.

"할 수 있어요. 저 진짜 죽어라 열심히 하고 있다고요. 왜 모르세요?"

"네가 그 정도 천재는 아니야. 인정해라."

이유승은 붉게 충혈된 눈으로 주먹을 쥐었다.

어려서부터 댄스 신동이라고 불렸었고, 어디서도 밀리지 않으면서 자라 왔다.

겨우 그 정도로는 버틸 수 없는 연예계라는 걸 누구보다 잘 알았지만.

이런 차가운 말을 듣고 싶진 않았다.

"믿어 주신다고 했었잖아요."

"안 되는 건 안 되는 거다."

"대체 뭐가요!"

"나는 큰 거 안 바란다. 평범한 대학 나와서 남들처럼 평범하게 살아."

"저 이거 하고 싶어 했던 거 아시잖아요. 이제 와서 왜 그러시는 건데요."

"…알잖냐."

많은 의미가 담겨 있는 한마디.

유승은 아랫입술을 피가 날 정도로 깨물었다.

어마어마한 학비로 예고를 졸업해서 그럴싸한 소속사에 들어

간다고 해도 데뷔할 수 있다는 보장이 없다. 아니, 데뷔를 하고 나서도 성공할 보장이 없다. 타고난 끼를 가진 수많은 사람들이 데뷔하고 또 사라지는 것이 연예계였다.

괜히 불나방처럼 뛰어들었다간 10년, 아니, 그 이상을 순식간에 날리게 된다.

그렇게 아들의 인생이 망하길 바라진 않았다. 그래서 더 단호했다.

"너는 안 돼."

차디찬 현실을 알았지만 애써 부정하고 싶었다.

좋은 성적으로 월말 평가를 치렀고, 데뷔 클래스에도 들어갔다.

조금만 더 버티면 10여 년을 그려 온 꿈을 이룰 수 있을 거라고 생각했다.

유승의 주먹이 부르르 떨렸다.

싸늘한 한마디가 심장에 꽂혔다.

"관둬라."

그제야 유승은 고개를 들어 아버지의 손에 들린 서류를 확인했다.

자퇴 신청서. 그걸 내려 학교까지 왔던 것이었다. 머리가 차갑게 식었다.

"싫어요."

"뭐?"

이를 꽉 악물고 있던 유승이 결심한 듯 그에게 달려들었다.

"너 지금 뭐 하는……."

부욱.

아버지의 손에 들린 자퇴서. 유승은 그것을 한 번에 찢어 버렸다.

한 번 더. 그리고 한 번 더.

"아아악!"

더 이상 찢을 수도 없을 때까지 유승은 자퇴서를 붙들고 악을 썼다.

이걸 세상에서 지워 버리고 싶었으니까.

유승의 손에 찢긴 종이가 너덜너덜하게 복도 위로 떨어졌다.

"안 때려치운다고! 나 죽어도 안 그만둘 거라고!"

"이유승!"

"내 인생이고, 망해도 내가 알아서 살아!"

유승은 붉게 충혈된 눈으로 허공을 노려보았다.

"그러니까, 두 번 다시 찾아오지 마세요."

*   *   *

5교시 후 쉬는 시간.

여느 때처럼 최성훈은 종달새처럼 조잘대며 유민하에게 말을 걸고 있었다.

"이번에 공모전 새로 열린다던데 확인했어?"

"…그게 뭔데?"

유민하는 별 관심 없는 얼굴이다. 최성훈은 확 고개를 돌려 신서진을 설득하기 시작했다.

"야, 야. 신서진. 내가 끝내주는 공모전 하나 발견했거든? 나랑 나가자."

얘는 또 왜 이러냐.

오늘따라 텐션이 하늘을 찌르는 최성훈은 통통대며 공모전 포스터를 신서진에게 내밀었다.

신서진은 미간을 찌푸리며 물었다.

"이게 무슨 공모전인데?"

"UCC 공모전. 뮤직비디오 촬영하는 거라던데?"

유민하가 떨떠름한 표정으로 고개를 저었다.

"그건 연영과 애들이 잘하지 않겠어?"

"야, 길고 짧은 건 대 봐야 아는 거야. 신서진 눈빛 봐라. 얘 이미 욕심내는데?"

응, 아니야.

유민하와 비슷한 표정. 신서진마저 한심하다는 듯 최성훈을 돌아보자 녀석은 풀이 죽은 듯 고개를 숙였다. 다음 월말 평가랑 기간도 겹치고, 조금 있으면 데뷔 클래스 중간 평가도 있다던데 시간이 남을 리가. 차라리 보컬 공모전이었으면 모를까. 저건 가능성이 없잖아.

하지만, 그렇게 쉽게 꺾일 최성훈이 아니다.

상금을 확인한 녀석이 다시 눈을 반짝이기 시작했다.

"상금 5천만 원. 죽이지? 지리지? 야, 이런 게 어딨냐?"

"퍽도 그게 네 거겠다."

"…팩트는 아파요."

최성훈의 눈치를 살피던 이다영이 그를 옆구리를 쿡쿡 찔렀다.

조용조용한 목소리가 뒤늦게 응원을 건넸다.

"할… 할 수 있을 거야."

"표정에 진심이 없는데?"

"너 혼자 할 수 있어……! 응원할게!"

"야, 너까지? 이렇게 선을 긋는 거야?"

"푸흡."

"오죽하면 다영이가 그러겠어."

다음 수업 준비는 미루고선 정신없이 떠들어 대던 와중, 최성훈이 뒤늦게 들어온 이유승을 발견하고선 손을 흔들었다.

"종일 어디 있었냐."

"아, 바빠서."

"수업 시간에?"

아, 맞네.

그러고 보니 수업 시간에도 없었던 거 같은데. 수업 중간에 알바를 나갔을 리는 없고, 요새도 꽤나 바빠 보인다. 유민하가 의아한 눈길로 이유승을 올려다보고선 물었다.

"무슨 일 있어?"

이유승은 어깨를 으쓱이며 고개를 저었다.

그게 무슨 소리냐는 듯 피식 웃어 보이기까지 한다.

"아니, 별일 없는데."

"진짜로?"

"어, 그렇다니까."

유민하는 금세 의심의 눈길을 거두고 돌아앉았다. 최성훈은 다시 오른 텐션으로 이유승을 불렀다.

"야, 공모전 나갈래?"

"제발, 쓸데없는 거 하지 좀 마라."

"에이, 이게 다 스펙이고 그런 거야. 한번 제대로 봐 봐."

이유승은 언제 어두웠냐는 듯, 금세 애들 틈에 끼어서 투덕이며 놀았다.

겉으로 봐서는 정말 멀쩡한데…….

저 미소에서 무언가 이질적인 느낌을 지울 수가 없다.

다른 사람은 몰라도.

내 눈은 못 속인다.

신서진은 입가의 미소를 싸늘하게 거두었다.

쟤… 뭔 일 있는 거 같은데?

*   *   *

제이가 허구한 날 메이크업을 핑계로 틀어박혀 있는 학생 휴게실.

이유승은 쭈뼛쭈뼛하며 휴게실의 문을 열었다.

느닷없이 자신을 이쪽으로 불렀다는 소리는 전해 들었으나 도통 그 이유가 떠오르질 않았다.

지난번 휴게실에서의 일 때문이라면 차라리 신서진을 불렀겠지.

자신은 존재감 없이 가만히 서 있었을 뿐인데.

이래저래 제이와는 접점조차 없었다.

"안녕하세요, 이유승입니다."

"어, 들어와."

이유승은 빠르게 제이의 눈치를 살폈다. 특별히 기분이 나빠 보이는 표정은 아니라 안도했다.

그건 다행이다 이건데, 왜 또 이리 기분이 좋아 보이지?

제이는 그녀답지 않게 씨익 웃으며 유승을 소파 앞으로 불렀다.

"편하게 앉아. 할 말 있어서 불렀으니까."

"저를요? 왜 부르셨는데요?"

제이는 턱을 괴고선 고개를 까닥였다. 잠시 고민하듯 뜸을 들이던 그녀의 입에서 무섭도록 해맑은 말이 튀어나왔다.

"너, 돈 없지?"

"네?"

이유승은 저도 모르게 인상을 찌푸리고선 제이를 바라보았다. 난데없이 사람을 불러 놓고 이게 무슨 예의인 건지 황당하지만, 저 말이 나오게 된 이유는 더 모르겠어서였다.

인사말로 꺼낼 말은 아니지 않나?

"그게 무슨 말씀이신지 잘 모르겠는데요."

제이는 이유승의 말에도 굴하지 않은 듯 기분 나쁘게 웃으며 물었다.

"응? 왜 모르는 척해. 너, 장학금 필요하지?"

"네? 되게 무례하신데요. 왜 그렇게 생각하셨는지 모르겠지만, 그런 얘기라면 전 이만 가 볼게요."

"잠깐만."

제이는 먼지를 털고 자리에서 일어섰다. 늘 그렇듯 자신만만한 그녀의 눈길이 유승에게 닿았다.

가만 보니 비주얼도 괜찮고, 피지컬도 괜찮고. 춤도 좀 추는 거 같던데.

신서진만큼은 아니지만 스타로서의 재질이 충분한 친구다.

"너한테도 나쁘지 않은 제안일 테니 들어나 봐."

"갑자기 왜 이러시는지⋯⋯."

"나 좀 도와줄래?"

"네?"

제이는 씨익 웃으며 매니저가 건네는 서류를 받아 들었다.

스윽.

별다른 말 대신 그것을 유승의 앞에 내민 제이는 섬짓한 눈빛으로 웃어 보였다.

'대체 뭐 하자는 거야?'

애써 화를 억누른 채 주먹을 꽉 쥐었던 유승은 예상치 못한 서류에 두 눈을 끔뻑였다.

공중파 토크쇼 출연 제안서. 아마도 제이에게 왔을 듯한 유명 프로그램의 게스트 섭외 제안서가 그의 앞에 놓여 있었기 때문이었다.

설마.

에이 설마.

유승은 침을 삼키며 천천히 고개를 들었다.

제이는 여전히 즐거운 듯 콧노래를 흥얼거리고 있었다.

"내가 너 장학금 받게 도와줄게. 어때?"

"⋯⋯."

"이 프로, 출연하고 싶지 않아? 일회성 게스트여도 이만한 프로가 없을 건데."

데뷔한 연예인들도 나가고 싶어서 환장하는 A급 토크쇼다.

화제성도 좋고, 이름 대면 알 만한 사람들이나 출연하는 그런 토크쇼.

거기에 장학금 얘기가 언급되는 이유는, 서울예고의 특성상 방송 점수가 가산점으로 들어가기 때문이다.

이미 상위권을 달리고 있는 유승으로서는 차마 거절할 수 없을, 공중파 게스트의 방송 점수.

여기에 출연하기만 해도 치고 올라오는 A반 친구들은 확실히 견제할 수 있었다.

아니, 어쩌면 그토록 바라던 1위의 자리에 오를 수 있을지도 몰랐다.

전액 장학금이 유승의 눈앞에서 아른거렸다.

제이는 그런 유승의 심리를 교묘하게 이용했다.

거절할 수 없는 제안이라는 걸 알았다.

이미 궁지에 몰린 유승의 상황에서는 더더욱 말이다.

"나 제안 들어왔거든. 한 사람 정도 더 데려오라고 하더라고. 그치, 오빠?"

"그러엄."

매니저는 고개를 끄덕이며 웃어 보였다.

제이가 아직 그 정도의 톱스타는 아니지만, 이 토크쇼 메인 PD가 제이의 삼촌이었으니 가능한 일이었다.

특별히 모두가 탐내는 자리에 유승을 꽂아 주겠다.

이보다 더 구미가 당기는 제안이 있을까.

제아무리 서울예고라 해도 이미 데뷔도 안 한 재학생 중에, 이런 토크쇼에 나갈 수 있을 만한 사람은 없다.

그만큼 엄청난 기회임은 분명했다.

유승의 눈빛이 크게 흔들렸다. 덜덜 떨리는 손을 부여잡고선 입을 뗐다.

친분이 있는 사이도 아니고, 제이의 성격상 이유 없이 호의를 베풀 사람도 아니다.

이런 제안을 하는 데에는 필히 이유가 있을 터였다.

간절한 목소리가 흘러나왔다.

"제가… 뭘 하면 될까요?"

"데뷔 클래스 중간 평가 얼마 안 남았잖아?"

데뷔조 방출이 결정되는 첫 번째 중간 평가. 그런데, 느닷없이 중간 평가 언급은 왜…….

불길한 생각이 유승의 머릿속을 스쳐 지나갔다.

설마.

"신서진이라는 친구, 망하게 도와줄래?"

*   *   *

왈왈.

"그런 개소리를 했다고?"

신서진은 머리를 긁적이며 고개를 끄덕였다. 진지한 얼굴로 그와 대화를 나누는 대상은…….

짹?

"아, 너는 개가 아니라 새지, 미안."

"짹짹."

강현을 날개로 후려쳤던 그 용맹한 참새들이었다. 신서진은 뿌듯하다는 듯 녀석을 쓰다듬어 주며 웃었다.

녀석들 덕분에 괜찮은 정보를 얻었다.

제이, 처음 봤을 때부터 뭔가 불쾌하다는 느낌은 있었지만.

이렇게 본격적으로 달려들 줄이야.

음습한 의도가 투명해도 너무 투명하다.

"유승이가 복잡하겠네."

데뷔 클래스 중간 평가를 방해하든지 말든지 신서진의 입장에선 큰 상관이 없었다.

무슨 짓을 해도 잘 해낼 자신이 있었기 때문이었다.

하지만, 가뜩이나 힘들 녀석에게 그런 짐까지 얹어 준 건 차마 용서할 수가 없다.

신서진은 지팡이를 허공에 휘두르고선 나직이 중얼거렸다.

"그 주둥아리를 어떻게 조져야⋯ 두 번 다시 헛소리를 안 할까."

스틱스강 하류에 거꾸로 매달아 놔서 물에 깔짝깔짝 담가 놓는 방법도 있고, 불구덩이에서 하데스의 스파를 즐기게 하는 법도 있다. 하나같이 스릴 넘치는 놀이기구들이긴 한데, 나약한 인간의 입장에선 다소 익스트림할지도 모른다.

음⋯ 재미없다.

"조금 신박한 건 없나?"

괜찮은 방안이 쉽사리 떠오르지 않는 터라 골똘히 생각에 잠겨 있을 때였다.

"서진아!"

유민하가 문을 열어젖히고 달려왔다. 새하얗게 질린 얼굴을 보니 뭐라도 터진 모양이었다.

신서진은 창틀에서 내려와 앉았다.

"무슨 일이야?"

"다음 주 제이 선배 대기실에 우리 따라오래. 음방 대기실에!"

유민하는 호흡을 고르고선 지금 상황의 심각성을 강조했다. 음악방송 대기실에 가는 건 분명 표면적으론 좋은 기회일지 모르겠다만, 그 상대가 제이 선배라는 게 문제였다.

아무래도 신서진의 하극상을 코앞에서 봐 온 유민하는 걱정이 될 수밖에 없었다.

"제대로 찍힌 거 아닐까?"

"…그 꼰대한테?"

"야… 야! 그렇게 부르지 말라고. 그 선배 알면 너 죽어."

"그 인간은 나 못 죽인다."

"아, 씨."

그때는 몰랐지만 지금은 그 의미를 알았다.

그렇다고 이유승을 협박하는 그 싸가지에게 사과하고 싶은 마음은 추호도 안 생겼지만.

유민하는 발을 동동 구르며 초조한지 침을 삼켰다.

"그 핑계로 또 겁나 갈굴 거 같은데, 벌써부터 불안하네. 어떡하지?"

"……."

"야, 가면 무조건 빌어. 알았지? 야, 듣고 있어, 신서진?"

"…좋네."

신서진은 생글거리며 고개를 들었다.

어떻게 엿을 먹여야 할지 고민했는데 이렇게 친히 불러 주다니.

이건 기회다.

어떻게 족쳐 놓지?

"아, 나 벌써 두근거려."

"뭐라는 거야, 얘는 진짜!"

*　　　　*　　　　*

싸늘한 공기가 느껴진다.

제이가 있는 음악방송의 대기실은 완전히 얼어붙어 있었다.

이미 오전부터 열받게 한 스타일리스트와 한바탕한 뒤에다가, 눈엣가시인 신서진이 자신의 대기실로 찾아왔기 때문이었다.

"왔네?"

신서진과 유민하는 종종걸음으로 제이의 눈치를 보며 들어왔다. 이유승은 그 뒤편에서 심각한 얼굴로 고개를 떨구었다.

어떻게 하나도 마음에 드는 녀석이 없어.

제이는 입가에 조소를 머금은 채 싸늘하게 내뱉었다.

"부른다고 이걸 또 오네."

이건 또 무슨 망아지 같은 소리야.

신서진은 벌써부터 한마디 받아치고 싶은 것을 참았다.

지가 불러 놓고선 왜 왔냐니.

"음방 대기실 처음 와 보지? 멍청하게 서 있지 말고 여기 좀 앉아."

"아, 네! 서진아, 앉아."

"……."

세상 침울한 표정의 이유승과 이미 슬슬 분노가 차오르고 있는 신서진을 발견한 유민하가 어색하게 웃으며 둘을 끌고 갔다. 원래는 가장 화려한 성질머리로 들이받았어야 할 유민하였지만, 여기서 괜히 자신까지 열을 올렸다간 개판이 될 거라는 걸 알았다.

자기라도 중심을 잡고 있어야지, 별수 있나.

그렇게 세 사람을 불러 앉힌 제이는 그쪽엔 눈길도 주지 않고 자기 자리에 누웠다.

난데없이 오이 팩을 하겠다는 거였다.

싸가지 없다는 건 익히 들었지만 저 지경일 줄은 몰랐지.

'사람을 불러 놓고……'

세상 편하게 누워 있는 제이를 보니 유민하의 속도 부글부글 끓기 시작했다.

유민하는 심호흡을 하며 분노를 가라앉혔다.

정식 데뷔는 안 했으나 사실상 연예계 선배이자, 잘나가기 시작하는 슈퍼 라이징 스타.

벌써부터 여기저기 예능프로에 출연해 이름을 알리고 있는 그녀다.

심지어 유명 피디들과도 삼촌을 통해 알고 지내는 사이다 보니 쉽게 대할 수 없다.

제이는 그걸 완벽하게 이용했다.

"서진아."

"네?"

"데뷔할 거면 이런 거 좀 보고 배워."

느닷없는 제이의 한마디에 신서진은 잠시 고민했다.

하고 있는 거라고는 드러누워서 헛소리하는 것밖에 없는데 대체 뭘 배우라는 걸까.

신서진은 두 눈을 끔뻑이며 물었다.

"누워 있는 거요?"

"…야, 제발."

뒷일은 생각하지 않는 한마디에 유민하가 다급히 신서진을 끌어당겼다.

제이는 이를 악물며 애써 웃어 보였다. 너무 만만히 봤다.

생각보다 훨씬 더 또라이였던 것이다.

하지만, 그렇다고 쉽게 기죽을 그녀 또한 아니었다.

원래 저렇게 까불어야지 밟는 맛이 더 있다.

"아니, 관리하는 거."

아, 하고 있는 거였구나.

신서진은 뒤늦게 납득하며 고개를 끄덕였다.

이미 약이 오를 대로 오른 제이는 입에 막말 모터를 다시 달기 시작했다.

얼굴에 붙인 오이 한 조각을 털어 버린 제이는 자세를 고쳐앉았다.

"먹지 말고 피부에 양보하세요, 라는 말도 있잖아."

"……."

"아, 하긴 너는 모르겠구나? 관리를 안 해서?"

제이는 세 사람을 천천히 돌아보며 조소를 머금었다.

"한 놈은 그냥 사리분별을 못 하고, 한 놈은 눈치만 살피고 있고."

신서진과 유민하.

그리고.

"한 놈은 알아도 돈이 없어서 못 하겠고."

정확히 이유승을 저격한 한마디에 줄곧 생글거리던 신서진의 표정이 싸늘하게 굳었다.

제이는 고개를 까닥이며 신서진에게 비아냥거렸다.

"멍청히 서 있지만 말고 나 물 좀 떠다 줄래? 목마르거든."

"아, 네."

신서진은 반항 없이 자리에서 일어나 성큼성큼 정수기 쪽으로 향했다.

그런 그의 뒷모습을 바라보며 유민하는 직감했다.

위험하다.

신서진과 함께 지내면서 저런 표정을 본 적이 없었다.

금방이라도 터뜨릴 듯한 저 분노 가득한 눈빛은, 단 한 번도 본 적이 없다.

'막아야 돼.'

하지만 채 말릴 새도 없이 유민하의 걱정은 현실이 됐다.

한 바퀴 돌아서서 제이의 앞에 선 신서진은 씨익 웃으며 그녀를 응시했다.

그리고.

"아, 갔다 왔……."

촤아악.

망설임 없이 그녀의 얼굴에 물을 끼얹었다.

"꺄아아악!"

미친.

유민하는 눈앞에서 벌어진 상황을 파악하느라 멈춰 섰다.

후두둑.

물을 직격으로 맞은 제이의 얼굴에서 물이 줄줄 흘러내리고 있었다.

신서진은 별일 아니라는 듯 어깨를 으쓱여 보였다.

먹지 말고 피부에 양보하세요라는 말은 처음 듣지만.

좀 더 실용적인 말은 해 줄 수 있을 거 같다.

신서진은 툭툭 물이 떨어지는 종이컵을 저편으로 던져 버리곤 서늘하게 덧붙였다.

"마시지 말고 피부에도, 좀 양보하세요."

어… 어……?

"보습에도 좋거든요."

제이는 그대로 얼어붙었다.

지금… 대체… 무슨 일이 일어난 거지?

현실을 자각하는 데에는 조금의 시간이 필요했다.

그리고.

"야, 야……! 이 개자식아!"

"너… 너 미쳤어? 야!"

　　　　　*　　　　　*　　　　　*

　결론은 제이 선배의 매니저 손길에 질질 끌려 나왔다. 유민하는 새하얗게 질린 얼굴로 그야말로 난리가 났다. 욕만 없었다뿐이지, 뭐, 제이 선배의 입에서는 별소리가 다 나왔다.

　아, 생각해 보니 욕도 한 거 같은데?

　"미쳤어?"

　신서진은 어깨를 으쓱이며 유민하의 질문에 답했다.

　"그럴 리가?"

　"다른 사람도 아니고, 제이 선배야. 저 선배 인맥 상당한 거 몰라?"

　"저 선배가?"

　"그렇다고!"

　이건 좀 의외다.

　신서진은 턱을 쓸어내리며 가벼운 감상을 전했다.

　"저 성격에 사람이 붙어 있는 게 신기하군."

　"…동감해."

　"이유승, 너까지!"

　유민하는 아랫입술을 꽉 깨물고선 이유승을 노려보았다. 저 성질머리가 저 정도로 참아 댄 걸 보면 꽤 대단한 선배인 듯하다.

　하지만, 그렇다고 해서 큰 후회는 없었다.

　"아!"

　아, 그나마 한 가지 아쉬운 건.

"양동이째로 부을 걸 그랬다."

"제발!"

유민하는 이유승의 옆구리를 쿡쿡 찌르며 말했다. 어떻게든 신서진을 말려서 제이 선배에게 사과시키려는 모양이었다. 하지만, 이번에는 이유승도 신서진과 생각이 같았다. 녀석은 굳었던 표정을 풀고선 담담하게 말을 뱉었다.

"뭐, 물 끼얹을 만했는데."

"너까지?"

"어, 잘했네. 속 시원하. 뒷감당은 나도 모르겠지만!"

이유승은 고개를 끄덕이며 손을 내밀었다. 그런 녀석의 악수를 받아들이자 옆에서 따가운 시선이 느껴진다.

아, 대형 사고를 친 건 맞는데.

그렇다고 너무 걱정할 필요는 없다.

"내가 그렇게 생각 없어 보이냐?"

다 대책이 있다, 이 말이다.

팔짱을 낀 채 뿌듯하게 웃어 보이는데 이유승의 한마디 말이 꽂혔다.

"생각 없어 보이긴 하지."

"…어. 그것도 엄청!"

이것들이 진짜.

"아, 몰라. 뒷일은 나중에 고민하고 치킨 먹으러 가자!"

"야, 일단 주문해! 성훈이 부른다?"

"다영이도 바로 온다는데?"

"와아아아!"

그나저나 이유승, 얘는 괜찮나?

제 발로 토크쇼 날려 먹은 거 같던데.

*　　　　　*　　　　　*

제이의 폭탄 같은 한마디를 들었을 때.

이유승은 어두운 낯빛으로 고개를 떨구고 말았다.

"신서진이라는 친구, 망하게 도와줄래?"

아무도 모를 일이었다. 여기서 그녀의 제안을 받아들인다고 해도 그녀와 자신, 딱 둘만 알고 넘어갈 수 있는 일이니까. 신서진에게 걸리지만 않는다면, 거절할 이유가 없는 제안이었다.

모두가 나가고 싶어서 안달 난 프로에 꽂아 준다고 했으니까.

데뷔를 위해서라도. 제 능력을 증명해 보이기 위해서라도.

너무나 잡고 싶은 기회.

아니, 아니다.

이유승은 숨을 고르며 이를 악물었다.

이런 고민을 하고 있는 것 자체가 수치스러웠기 때문이었다.

'넌 양심도 없냐.'

평생 고민하더라도 결론을 내릴 수 없을 거 같은 기분.

조급함에 심장이 빠르게 뛰었다.

제이가 싱긋 웃으며 이유승에게 되물었다.

"어떻게 할래?"

"안 하겠습니다."

하지만, 그런 고민과 달리 대답은 즉각적으로 나왔다.

제이는 의외라는 듯 인상을 찌푸렸다. 그녀의 입장에서 내밀 수 있었던 최선의 카드였다.

이유승의 상황을 봐서는 차마 거절할 수가 없는 제안이었고.

"대체 왜?"

제이는 건방진 눈빛으로 책상을 툭툭 치며 고개를 갸웃했다. 신서진을 잠깐 보긴 했지만 그리 대단한 놈인지도 모르겠고, 홀륭한 빽이 있는 것도 아니다.

그런데, 대체 왜.

"그런 싸가지랑 한패를 먹고 나를 등지고 싶어? 왜 그렇게 멍청한 선택을 하는 거니? 걔가 뭐라도 돼?"

이유승은 그녀의 눈빛에서 속내를 읽었다. 어떻게 알았는지는 모르겠지만, 자신의 약점을 이용해서 회유하려 들고 있다는 것도. 그쯤 되자 혼란스럽던 머릿속이 빠르게 정리되기 시작했다.

'내가 무슨 생각을 했던 거야.'

"데뷔에 별로 간절하지 않나 봐?"

결론은 나왔다.

이유승은 단호한 표정으로 고개를 저었다.

"아뇨, 누구보다 간절한데요. 근데 그런 마음가짐으로 살면 언젠가는 돌아오더라고요. 그렇게 살고 싶진 않았습니다."

"뭐?"

"그럼 안녕히 계세요."

"야… 야! 저 새끼도, 진짜!"

악 소리를 내지르며 고래고래 외치는 제이의 말을 깔끔하게 무시한 채 유승은 그대로 그 휴게실을 떠났다. 모두가 멍청하다고 비웃을 만한 일이긴 했지만.

"제길, 알바나 더 구해 봐야겠다."

이쪽도 마찬가지로 후회는 없었다.

* * *

제이 물 싸대기 사건이 일단락된 지 일주일 후.

제이는 이유승이 포기한 그 토크쇼에 마침내 출연했다. 그것도 단독으로 말이다.

화면에서는 화려한 의상까지 챙겨 입은 채 라이징 스타로 출연한 제이가 능숙하게 입담을 과시하고 있었다.

최성훈은 토끼 눈을 뜨고선 탄성을 뱉었다.

"어, 어? 저 프로에 제이 선배 나온 거야?"

그를 따라 연습을 마치고 휴게실에서 TV를 보던 이유승의 얼굴이 싸늘하게 굳었다.

대기실에서 그렇게 난리를 쳐 대던 모습을 지워 내듯 제이는 생글거리며 카메라를 향해 웃어 보였다.

같은 사람 맞냐?

—제이 씨가 학교에서 그렇게 인기가 많다고 하던데요? 그것도 KPOP의 명문고로 유명한 서울예고에서, 맞습니까?

—제가요?

—에이, 또 겸손한 척은. 이렇게 성격도 좋고, 예쁘고. 서울예고 전교생의 첫사랑이 아니었을까 싶은데, 솔직하게 말해 주시죠!

—하하, 그런 것은 아니고요…….

피자빵을 뜯어 먹고 있던 유민하는 TV 프로 속 제이의 인터뷰를 듣고는 빵을 내려놓았다.

"아, 입맛 뚝 떨어지네."

"에휴."

이유승은 말없이 한숨을 뱉었다. 상황을 모르는 최성훈만이 잔뜩 신이 나 있었다.

"와, 대박. 다른 프로도 아니고 저기에 데뷔도 하기 전에 나온 거야? 능력 장난 아니다. 역시 우리 학교가 밀어주는 데에는 이유가 있는 거 같지? 그렇지?"

"야, 아가리 닫고 빨리 먹어."

유민하의 싸늘한 말에 최성훈은 툴툴대며 빵을 한입에 베어 물었다.

"입을 닫고 어떻게 빵을 먹냐!"

"시끄러워."

"왜 벌써 화가 난 건데. 나만 모르는 뭔가냐?"

보통 이럴 때는 성질머리 여전하다면서 편을 들어 주던 신서진도 어째 조용하다. 최성훈은 고요한 정적에 눈치를 살피며 신서진의 옆구리를 쿡쿡 찔렀다.

"왜 저래?"

대답은 유민하가 대신했다.

"네가 몰라서 그러는데, 여기 저분한테 물로 뺨 때리고 온 사람이 있거든. 그러니까 조용히 먹자."

"에이, 무슨 소리야. 그런 미친놈이 세상 어디에 있어?"

"난데."

"…제대로 돌았구나?"

"그런 말 자주 들어."

"아니, 야. 자주 들으면 안 되는 거야. 야, 신서진? 신서진? 듣고 있냐?"

우음, 맛있다.

신서진은 대답 대신 신상 햄버거 빵에 온 정신을 집중했다.

이유승이 적극 추천하더니만 역시 다 이유가 있었다. 유승을 향해 엄지손가락을 치켜올린 신서진은 흡족한 미소를 지었다.

"맛있지?"

"맛있네. 위장 뚫리는 맛."

"얘들아, 지금 그게 문제가 아니라, 대체 무슨 일이 있었는지 얘기 좀 해 달라고. 뭘 하면 선배한테 물로 뺨을 때릴 수 있는지 나 되게 궁금하거든. 대체 인생을 얼마나 재밌게 사는 거냐?"

"……."

"…얘들아?"

단체로 먹느라 정신없는 통에 최성훈의 아우성은 묻히고 말았다.

그 순간이었다.

"어?"

일찌감치 한 입만 먹고선 쉬고 있던 이다영이 휴대전화 스크롤을 내리던 손을 멈췄다.

─네, 제이 씨. 곧 데뷔를 앞두고 있는데 타이틀곡 스포 살짝만 해 주시죠!

TV에서는 여전히 핫한 토크쇼가 흘러나오고 있고.

제이는 가식적인 마스크를 쓴 채 진행자의 질문에 답변하고 있다.

비록 폭풍 전야와 같은 고요함이지만 표면적으로는 더없이 평화로운 상황이었다.

그런데. 그사이로 묵직한 돌이 던져졌다.

이다영은 떨리는 목소리로 말을 뱉었다.

"이게 뭐야……?"

[라이징 스타 제이, 막내 작가 갑질 논란]

＊   ＊   ＊

토크쇼의 막내 작가를 향해 쏟아부은 막말과 살벌한 눈빛.

그것은 신서진 일행이 기억하는 제이의 모습 그대로였지만, 3분 25초의 영상이 대중에게 박제되는 것은 다른 문제였다.

—이런 질문 빼 달라고 했잖아요! 머리가 없으세요? 왜 말귀를 못 알아먹는 거 같지?

—네……?

—하, 이거 저 물 먹이려는 질문 아니에요? 애초부터 컨셉도 별론데. 누가 이딴 식으로 짠 거예요? 인터뷰는 10분이나 기다리게 하고. 질문은 개판이고. 기가 막히네.

—죄송합니다…….

—꼴도 보기 싫으니까 나가세요. 아, 꺼지라고!

누가 찍은 것인지 출처를 알 수 없는 영상은 커뮤니티에 빠르게 퍼졌다.

후폭풍은 상당했다.

—데뷔도 전에 뭐 하는 짓이냐? 대중 픽이라고 띄워 줬더니 싸가지가 밥 말아 먹었네 ㅋㅋㅋ

└대중 픽이긴 했음?

└뭐 대중픽이야 ㅋㅋㅋㅋ 쟤 이름도 모르는 애가 허다할 듯

└나는 딱 삘이 오던데. 그래서 처음부터 싫어했음

└관상은 과학이다 ㄷㄷ

└이때쉼 해서 까네 ㅋㅋㅋ 개성 있다고 좋아할 땐 언제고 ㅋㅋㅋ

└근데 관상이 과학이긴 함

└딱 싸하게 생김

—너튜브에서 입소문 타다가 토크쇼 나와서 딱 뜨려고 하니까 바로 논란 터지네;;

└아 아쉽다. 좀 더 뜬 다음에 터졌으면 난리 났을 텐데

└이미 난리 남. 온 커뮤에서 다 쟤 얘기야 ㅋㅋㅋㅋ

└쟤 데뷔는 못 하겠다. 사람들이 두 눈 시퍼렇게 뜨고 지켜보고 있던데

└응 그래 봤자 데뷔하면 다 까먹고 실드 쳐 줄 팬들 있을걸

└쟤를 데뷔시키면 제정신이 아닌 거지

└범죄 저지른 애들도 잘만 나오더라 ㅎㅎ

—소속사에서 인성은 보고 내보내야 한다고 생각함. 연차 쌓인 돌도 아니고 이게 무슨 일이야

└ㅇㅈ 누가 보면 최소 5년 차인 줄 알겠다

ㄴ벌써부터 지가 뭔데 갑질이야 ㅋㅋㅋ

ㄴ왜 아직까지 사과문 없음?

ㄴ사과할 생각이 없어서 ㅋ

ㄴ말하는 싸가지 보니까 견적 나오던데 사과해도 그게 진심이겠냐?

―토크쇼 PD가 삼촌이라더라 어쩐지 ㅋㅋㅋㅋㅋㅋㅋㅋㅋㅋ

ㄴ저런 신인이 무슨 대단한 빽이 있어서 저렇게 깝치나 했다

ㄴ와 그래서 막내 작가한테 그 지랄을 한 거야?

ㄴ다른 아이돌들은 저기 출연하려고 작가한테 잘 보이려 최선을 다하겠다 ㅋㅋㅋ 그런데 지는 ㅋㅋㅋ

ㄴ와 감사한 줄도 모르고 가서 깽판을 쳤네 ㅋ

"이거 봤어?"

"야, 완전 난리 났던데. 제이 어떡하냐."

"어떡하긴 무슨. 제 무덤 지가 판 거지."

저마다 모여 실시간으로 업데이트되는 뉴스를 확인하던 학생들은 싸한 기운에 고개를 들었다.

논란이 터진 지 겨우 이틀 뒤, 제이가 학교에 등교했기 때문이었다.

"와, 미친."

"제이다."

또각또각.

그녀의 구두 소리가 복도에 울려 퍼지자, 모세의 기적처럼 학생들이 양쪽으로 갈라졌다.

제이가 등교할 때면 늘 그 옆을 따라붙던 같은 학년 친구들도 오늘은 싸늘한 시선으로 그녀를 쏘아보았다.

당연하지만 그녀는 적이 많은 편이었다.

그동안 싫은 소리를 못 했던 서울예고의 학생들은 제이가 나타나자 수군대기 시작했다.

"싸가지는 예전부터 장난 아니었지."

"무슨 배짱으로 학교 오냐?"

"그러게. 학교 이름에 먹칠해 놓고."

"서울예고 출신이라고 그렇게 학교 이름 팔고 다니실 거면 사고를 치지 말든가."

"이야, 뻔뻔하다."

저것들이 진짜.

분노를 참지 못한 제이가 반쯤 돌아간 눈으로 고개를 홱 돌렸다.

하지만, 이번엔 통할 리가 없었다.

"왜 저래."

"아직도 지가 라이징 스타인 줄 아나 봐. 재수 없어."

"웃긴다, 진짜."

제이의 두 손이 부들부들 떨렸다. 그러던 와중, 머리끝까지 차오른 그녀의 분노를 한층 더 끌어올릴 사람이 제이의 시선에 들어왔다. 정수기 옆에 당당하게 서 있는 신서진.

'왜 하필 저 새끼가!'

흔들.

제이와 눈이 마주친 신서진은 피식 웃으며 종이컵을 흔들어 보였다.

제이의 분노 포인트를 정확히 짚은 제스처.

제 얼굴 위에 물을 쏟아부었던 그 종이컵으로 저렇게 조롱을 한다고?

"······!"

티잉—

마침내 이성이 끊기고 말았다.

"아아아악!"

제이는 분노를 참지 못하고 소리를 내질렀다.

"와, 쟤 또 미쳤다."

"야, 빨리 사진 찍어. 사진."

"저것도 올리자."

"다 죽어 버려! 이 개자식들아! 맘대로 찍으라고!"

그 혼란을 틈타서 신서진은 씨익 웃으며 복도를 빠져나왔다.

그의 손에 들린 휴대전화에는 신스타그램의 화면이 떠 있었다.

전령의 신이 듣지 못하는 건 없다.

그리고 무엇보다도, 소문을 퍼뜨리는 데엔 누구보다 전문적이라.

"상대를 봐 가면서 건드렸어야지."

신서진은 뿌듯한 표정으로 휴대전화를 주머니에 밀어 넣었다.

저 싸가지 건은 확실하게 해결되었으니······.

"그러면 다른 걸 해결해 볼까?"

아직 하나가 남았다.

Chapter. 5

탁.

신서진은 커다란 포스터를 책상 위에 내려놓으며 자리에 앉았다. 옹기종기 모여 앉아 있던 친구들은 의아한 눈빛으로 신서진을 돌아보았다. 입을 뗀 것은 유민하가 가장 먼저였다.

"너까지 왜 그러는 거야?"

서울시 KPOP 뮤직 UCC 공모전.

최성훈이 눈독을 들였던 그때 그 공모전이다. 농담으로 지나가는 말인 줄 알았지 이렇게 진지하게 포스터까지 뜯어 올 줄은 몰랐다. 신서진은 패기 넘치게 대상 부문의 수상 금액을 손으로 가리켰다.

"5천만 원."

"그래, 5천만 원 좋잖아. 인정하지, 이유승? 다영이 너도?"

최성훈은 생글거리며 다급히 신서진의 편을 들었다. 물론 진지하게 수상을 기대하고 있는 것은 아니었지만 사람 일은 모르는 거라고.

나름 재밌어 보이잖아?

그것이 최성훈의 생각이었다.

물론, 신서진은 조금 다른 생각을 하고 있었지만.

반드시 이 공모전에서 대상을 타 낼 것이다. 그것이 신서진의 포부였다.

신서진은 5천만 원을 강조하듯 두어 번 중얼거리고선 패기 넘치게 말을 뱉었다.

"왜 나가라는 건지 설명해 봐."

"나 돈 좋아해."

"나도."

"돈돈돈……."

돈에 진심인 신서진과 최성훈. 그 옆에 편승해 두 눈만 끔뻑이고 있는 이다영까지. 차마 얘기를 꺼내지 못하고 있던 이유승이 애들의 눈치를 살폈다. 사실 누구보다도 이유승을 위한 선택이기도 했다. 신서진은 은근한 눈빛으로 이유승을 돌아보았다.

"네 생각은 어때? 나가고 싶냐?"

토크쇼를 나가서 데뷔 가산점을 얻겠다던 계획은 진작에 날아갔다. 토크쇼를 대신해서 공모전을 나가게 된다면…….

국가기관에서 진행하는 공모전이다 보니 수상 시 상금뿐만 아니라 가산점도 주어진다. 혜택이 한두 개가 아닌 공모전. 이유승의 표정만 봐도 이미 나가고 싶어 하는 기색이 역력했다.

"에휴……."

상황이 이렇게 되자 유민하는 짧게 한숨을 내쉬며 말을 뱉었다.

현실적으론 반대하고 싶지만, 다들 저렇게까지 나가고 싶다는데.

"알았어, 나도 찬성."

"오오, 웬일이야? 네가 찬성을 해?"

"너네가 나가고 싶다며. 하여간 재밌는 거만 보면 사족을 못 쓰지. 최성훈 얘는 그렇다 치고, 이유승, 너는 갑자기 왜 그러는 거야?"

'다섯이서 나눠 가져도 천만 원…….'

최소한 제 생활비 걱정은 잠시라도 덜 수 있다. 기울어져 가는 집안에 보탬도 될 거고. 솔직히 돈 때문에 이 지경까지 왔는데……. 데뷔 전에라도 돈이 들어올 구석이 있다면 지금의 유승에겐 간절했다.

이유승은 마른침을 삼켰다.

연극영화과 학생들도 꽤 많이 나갈 UCC에 자신들이 나간다는 게. 그것도 저 어마어마한 경쟁률을 뚫고 수상을 노린다는 것이.

얼마나 허무맹랑한 이야기인지 알면서도 도전해 보고 싶었다.

"…한번 해 보고 싶어."

이유승의 한마디가 떨어지기 무섭게 신서진이 최성훈과 하이 파이브를 하며 튀어 올랐다.

"아싸!"

"거봐, 다들 은근히 나가고 싶어 했다니깐. 다 들켰네. 봤지, 유민하? 어차피 모두들 돈에 진심이라고."

"제발, 성훈아. 좀 앉아 줄래?"

"으응?"

난리를 치며 기뻐하던 최성훈은 유민하의 말에 두 눈을 동그 랗게 떴다.

"기왕 나갈 거면 내 말 좀 들으라고. 너 혼자 북 치고 장구 쳐 서 수상하긴 어렵잖아."

"어, 응……!"

UCC 공모전. 중학교 때 비슷한 공모전에서 수상한 경력이 있 다는 유민하의 한마디에 단체로 눈빛이 반짝였다.

유민하는 숨을 고르고선 포스터를 내려다보았다.

"자, 들어 봐."

여러 평가 항목. 연기, 대중성, 영상의 퀄리티, 메시지 등등. 챙 겨 할 것이 한두 가지가 아니었지만, 완성도를 높이려면 빠지지 않아야 하는 것이 하나 있었다.

"우리 강점을 살려야 돼. 우리가 연기를 잘하진 않잖아."

카메라를 다루는 것부터 연출까지, UCC를 제작하는 영역에 있어서는 연극영화과 학생들을 따라가기 힘들다. 또, 서을예고 학생만 공모전에 참여하는 것이 아니니 날고 기는 애들이 얼마 나 더 많을까 싶고.

그런 상황에서 자신들이 내밀 수 있는 무기를 꼽으라면…….

이다영의 입에서 조심스러운 한마디가 튀어나왔다.

"음악?"

"정답."

유민하는 머리를 빠르게 굴리며 생각을 정리했다.

음악을 어떻게 돋보이게 하면 좋을까?

시간적인 문제뿐만 아니라 대중성을 위해서라도 새로 작곡을 하는 것은 좋은 선택이 아니다.

그렇다면 결론은 대강 나온다.

"UCC 주제를 일단 잡고, 괜찮은 곡을 정해서 편곡해 보는 건 어때?"

"살짝 개사도 할까?"

"…그래야지."

신서진은 피식 웃으며 책상 위에 걸터앉았다. 유민하는 제법 이라는 듯 고개를 끄덕이며 그의 말에 공감했다. 얼핏 보면 세상 살이는 하나도 모르는 것 같은 녀석이, 뭘 해야 사람들의 관심을 끌어모을지는 빠릿하게 알고 있다.

"아마 다들 있는 곡 개사해서 쓰는 것 정도는 할 거야. 편곡을 할 거면 제대로 튀게 해야 돼. 전문적으로."

"그렇지."

"일단 기본이 뮤직 UCC이기 때문에 뮤직비디오 찍는 느낌으로, 살짝 스토리까지 들어가면 더 좋을 거 같아."

"곡 정해지면 저작물 이용 승인 쪽은 내가 확인할게."

"더 필요한 건 뭐가 있지?"

이유승의 물음에 유민하가 답했다.

"음악은 일단 빠른 시일 내로 설정하더라도 우선 카메라."

"나 셀카 45도로 잘 찍어, 자신 있… 아악!"

최성훈은 맞을 소리를 하다가 이유승의 손아귀에 붙들리고 말았다. 이유승은 최성훈의 목덜미를 잡고선 부드럽게 물었다.

"조명은?"

"연… 연영과 애들한테 빌려 오면 될 거 같은데? 이거 좀 놔주면… 내가 빌려 올게! 살… 살려 주세요!"

"오케이."

인맥 하면 최성훈 저 녀석을 빼놓을 수 없다.

유민하는 손뼉을 치며 빠르게 상황을 정리했다.

카메라, 조명, 음악까지. 기본적인 촬영 장비를 구하고 나면 남는 게 하나 있다.

"의상은?"

"그건 우리가 어쩔 수 없이 해야지. 지난번에 했던 것도 나름 호평을 받긴 했잖아."

"예산이 조금 쪼들리긴 하겠지만, 한번 열심히 준비해 보자."

"잠깐만."

그때였다.

신서진이 씨익 웃으며 손을 들어 보였다.

"너네만 괜찮다면, 내가 아주 잘 알고 있는 사람이 있어."

"네가?"

유민하는 놀란 표정으로 두 눈을 크게 떴다.

뮤직비디오에서 의상의 중요성은 상당하다. 하지만 컨셉에 맞는 의상을 구하는 일이 일반 학생들에게 쉬울 리가 없다. 그런데, 의상 쪽을 잘 알고 있는 사람이 있다니. 이다영도 기대 가득한 눈길로 신서진을 돌아보았다.

신서진은 고개를 천천히 끄덕이며 휴대전화를 꺼내 들었다.

"어, 유명 디자이너."

*   *   *

사람들의 웃음소리로 시끄러운 노래방. 나름 신경 쓴답시고 챙겨 입은 검은 양복의 옷매무새를 정리하고선 안으로 들어섰다. 신서진의 몸에 들어오고 나서 이런 번화가에 와 본 것은 처음이다.

사방에선 귀를 때리는 EDM 사운드가 울려 퍼지고, 사람들의 옷은 눈이 돌아갈 정도로 반짝인다.

볼거리도 많은 데다가 화려하기가 그지없었다.

그 녀석이 딱 좋아할 스타일이네.

신서진은 벽에 붙은 거울을 보며 머리를 쓸어 넘겼다.

사실 오늘은 평소의 모습으로 찾은 게 아니었다.

"나쁘진 않나?"

거울 속에는 20대 중반 정도로 나이가 들어 보이는 웬 청년이 서 있었다.

이래야 검문을 통과받거든.

"안에서 기다리고 계십니다."

무사 통과.

미성년자가 들어올 수 있는 곳은 아니다. 급조한 신분증을 건네 보이자 직원은 별다른 의심 없이 신서진을 안으로 들였다.

신서진은 바지 주머니에 손을 찔러 넣고선 직원이 안내해 주는 곳으로 향했다.

예상대로 벌써부터 술에 가득 찌든 취객들이 눈에 들어왔다.

아으, 술 냄새가 여기까지 진동을 하네.

급기야 제 친구도 못 알아보고 이쪽으로 달려온다.

"어어, 석철아! 한 잔만 더 먹고 가자!"

한심하기 짝이 없다. 서울예고에선 지은 적 없는 싸늘한 표정으로 취객의 손을 뿌리쳤다.

"더러운 손은 치워 줬으면 좋겠는데."

"으… 으음?"

그제야 정신이 좀 돌아온 취객이 인상을 찌푸리며 말을 뱉었다.

"석철이… 아니네? 너 뭐라고 했냐, 방금?"

"더러운 손 치우라고."

"뭐… 뭐……? 이 싸가지 없는 어린 놈의 자슥이……."

"영원히 재워 버리기 전에 취했으면 곱게 집에 들어가서 주무세요."

신서진은 남자를 지팡이로 내려칠까 고민하다가 관뒀다. 조용히 볼일만 보고 가자.

하여간 시끄러워 죽겠네.

"뭐야, 저… 저게 싹퉁바가지 없게! 아니, 얘는 어디 갔어."

제발 비켜라.

제멋대로 휘청이며 이쪽으로 들러붙는 몇몇 인간들을 밀어내고서야 복도 끝 마지막 룸에 도착했다.

찾아오기도 힘들다.

"후하."

호흡을 가다듬고선 조명이 번쩍이는 방의 내부를 슬쩍 확인했다. 거의 몇십 년 만에 만나는 상대다. 가뜩이나 성가신 녀석한테 제 발로 찾아오고 싶은 생각은 없었지만, 유감스럽게도 패션 업계에선 꽤나 알아주는 인재였다.

별수 있나, 필요하면 내가 찾아와야지.

"들어간다."

신서진은 문을 열어젖히자마자, 변함없이 능글맞은 얼굴을 마주했다.

머리부터 발끝까지 명품으로 치장한 사치와 향락의 표본.

녹갈색 머리에 높은 코, 수려한 비주얼에 이국적인 새하얀 피부가 조명 아래에서 빛이 났다.

음악에 몸을 흔들거리던 것을 멈추고, 특유의 깊은 두 눈이 이쪽을 올려다본다.

술과 음악에 환장하는 건 이쪽을 빼놓을 수가 없지.

이미 술 한 통을 거덜낸 것인지 잔뜩 흥이 오른 녀석이 피식 웃었다.

참, 한결같네.

신서진은 녀석을 향해 살짝 손을 흔들어 보였다.

"오랜만이야, 디오니소스."

술의 신 디오니소스였다.

*　　　　*　　　　*

세 살 버릇 여든까지 간다고, 아마 디오니소스는 세상이 멸망해도 술에 취해 있을 것이 분명했다. 대낮부터 이게 무슨 술판이냐 싶겠지만, 뭐 특별히 예상치 못했던 광경도 아니었다.

"이거 참 대단한 손님이 오셨네. 헤르메스, 무슨 일이야?"

"부탁할 게 있어서."

"차차 얘기하고 일단 즐기는 건 어때? 오랜만이잖아, 이렇게 단둘이 술 마시는 거."

디오니소스는 문밖을 향해 손을 흔들며 능글맞게 말을 던졌다.

"누나, 한 병만 더 가져다줄래?"

"누나……? 새파랗게 어린 것들에게 그러고 싶어? 이 늙은이야."

"섭하네. 사랑에 나이가 어딨어."

"몇천 년이라면 얘기가 조금 달라질 거 같은데."

하기야 저 녀석 옆에 있는 인간들은 저 능구렁이의 정체를 모를 테니 그렇다 치자.

신서진은 혀를 내두르며 이곳에 찾아온 목적을 상기했다. UCC 공모전까지 그닥 시간에 여유가 있는 편은 아니었다. 애들한테도 큰소리를 치고 나왔으니 의상 문제는 내가 해결해야겠지.

일단 얘기부터 꺼내 보려는데…….

녀석은 들을 준비가 전혀 되어 있지 않아 보였다.

둠칫둠칫.

"노래가 참 좋단 말이야."

둠칫.

대체 현대사회에 얼마나 찌들었으면 클럽 노래에 바이브를 타고 있는 거냐고.

신서진은 어깨를 들썩이며 음악에 심취해 있는 디오니소스를 한심한 눈빛으로 바라보았다.

그새 유리잔에 소주와 맥주를 들이부은 디오니소스는 수저로 유리잔을 빠르게 휘저었다. 맥주가 회오리를 치며 한데 뒤섞였다.

디오니소스는 우렁찬 목소리로 외쳤다.

"자, 즐기자고!"

소맥을 즐기는 포도주의 신이라.

이 페이스에 홀렸다가는 밤새 술만 퍼마시게 생겼다.

저 능글맞은 구렁이 같으니라고.

신서진은 그를 노려보며 인상을 찌푸렸다.

"왜 안 마셔? 특별히 준비했다고. 촌스럽게 언제 적 넥타르야. 인간 세계에 왔으면 이런 것도 마셔 줘야 기분이 좋아지는 거라고. 캬, 취한다⋯⋯."

"⋯⋯."

"마셔! 마셔!"

정신 똑바로 차리자.

신서진은 혀를 차며 본론으로 들어갔다.

"내가 찾아온 이유가⋯⋯."

물론 귓가를 때리는 EDM의 비트가 신서진의 목소리를 가로막았지만 말이다.

"둠칫둠칫."

"……."

"두둠칫."

아, 제발.

이대로는 안 되겠다.

뚝.

신서진은 스피커 선을 끊어 버리고선 다시 소파에 걸터앉았다.

갑작스러운 고요함에 디오니소스는 두 눈을 동그랗게 뜨곤 신서진을 빤히 올려다보았다.

신서진이 재촉하듯 말을 뱉었다.

"부탁할 게 있다고. 들어 봐."

"부탁……?"

디오니소스는 별안간 심각한 얼굴이 되었다.

"하아……."

뭐지?

나를 도울 수 없는 특별한 이유라도 있는 건가?

고민에 빠지려던 찰나.

디오니소스는 머리를 헝클어 뜨리며 한숨을 내쉬었다.

진지한 얼굴에 그렇지 못한 말이 튀어나왔다.

"너 때문에 흥이 다 깨져 버렸으니까 책임져."

*　　　　*　　　　*

술 몇 병을 더 시키고 안주까지 앞에 대령해 준 뒤에야 디오니소스는 짐짓 삐져 있던 표정을 풀었다.

그제야 신서진은 본론으로 들어갈 수 있었다.

UCC 공모전에, 심지어 예고에서 연예인을 준비하고 있다는 신서진의 말에 그는 의외라는 듯 고개를 갸웃했다.

"그나저나 연예인을 한다고 할 줄은 몰랐는걸?"

이전의 영광으로 돌아가기엔 턱없이 부족하다.

디오니소스가 유명한 디자이너가 되는 길을 택했듯 비슷한 이치랄까.

웃으며 넘기려는데 폭탄 같은 발언이 들려왔다.

"흐음, 나도 해 볼까?"

말려야 한다.

그간 자신이 봐 온 디오니소스의 이미지를 머릿속에서 종합해 본 결과, 큰일 난다는 결론이 나왔기 때문이었다.

"안 돼. 너 사회면 1면에 나올 거 같아."

"내가? 이렇게 선한 사람인데?"

"매일같이 빠짐없이 나오겠지? 양심도 없나?"

"하아, 나를 너무 이상한 사람으로 보는 거 아니야?"

"…사람인 척하지 말지. 소름 돋는군."

"쳇."

디오니소스는 맘에 안 든다는 듯 짧게 혀를 차고선 어깨를 으쓱였다.

"UCC. 그래, 네가 하려는 게 무슨 프로젝트인지 설명해 봐."

"거기에 나가서 대상을 받기로 했거든. 5천만 원."

"돈……? 네 궁전에 쌓인 금만 산더미일 텐데?"

디오니소스는 보석이 박혀 있는 금시계를 돌리며 의아해했다. 아마 저게 3억짜리 시계일 터였다. 디오니소스는 머리를 긁적이다가 이내 이해한다는 듯 고개를 끄덕였다.

"아, 하긴. 너는 유독 서민적이잖아."

이야, 되게 재수 없는 말이네.

피식 웃으며 디오니소스의 말을 반박했다.

"그게 아니라 필요한 사람이 있을 거 같아서."

"사람? 사아아아람?"

부담스러울 정도로 반짝이는 눈이 이쪽에 닿았다.

"흥미로운걸? 헤르메스가 그토록 생각하는 인간이 있어?"

또, 또. 놀릴 생각만 잔뜩 하고 있는 게 분명하다. 놀림거리만 잡으면 족히 몇십 년은 가지고 노니 틈을 보여서는 안 됐다. 손사래를 치며 녀석의 망상을 막았다.

"지랄은. 그게 아니야."

신서진은. 다급히 휴대전화를 꺼내서 지난 서울예고의 축제 영상을 그에게 보여 주었다. 화면 속 신서진을 발견한 디오니소스는 나직이 감탄하며 말을 뱉었다.

"아, 움직이는 사진."

"동영상."

"아."

"관심이 엄청나. 봐 봐."

손을 뻗어 허공에서 튀어나오는 지팡이를 잡았다. 두 마리의 뱀이 휘감은 지팡이는 환한 빛을 내며 금가루를 바닥에 떨구었다. 예전의 힘으로 돌아가기엔 턱없이 부족한 수준이었지만, 이 것만으로도 장족의 발전이라 할 수 있었다.

하지만, 더 필요하다.

이거의 몇 배로, 아니, 몇백 배로.

지팡이를 세게 움켜쥐고선 디오니소스를 빤히 응시했다. 예상 했던 질문이 그의 입에서 튀어나왔다.

"그렇게 관심이 필요한 이유가 뭔데?"

줄곧 제 측이 말하고 있던 게 하나 있었다. 이 정도로 찝찝한 거라면 반드시 확인해 봐야 했다. 목소리를 낮추고선 나직이 속 삭였다. 어쩌면 소식이 빠른 디오니소스도 접했을지도 모르지.

"아테나와 연락이 안 돼. 찾아야겠어."

신서진의 한마디에 디오니소스의 표정이 어두워졌다. 그는 손 을 내밀고선 흔쾌히 말을 뱉었다.

"최선을 다해 돕지."

*　　　　*　　　　*

디오니소스의 회사를 찾아간 것은 그로부터 3일 후였다.

최성훈은 연신 감탄을 터뜨리며 널찍한 스튜디오를 목이 빠져 라 둘러보았다. 그건 이곳으로 이들을 끌고 온 신서진도 마찬가 지였다.

"와, 언제 이렇게 차려 놨대."

해외에 본사를 두고 얼마 전에 한국에 처음 들어왔다더니 직 원들 중에선 외국인도 많았다. 유민하는 유창한 영어를 하며 직원들의 안내를 받느라 정신없었다.

그때, 저 멀리서 또각거리는 구두 소리가 들려왔다.

동시에 이유승은 주머니에 꽂아 놓고 있던 손을 빼고선 두 눈을 크게 떴다.

한번 보면 기억에 남을 정도로 아름답고 수려한 얼굴. 패션 디자이너로 이름을 날렸을 때부터 지금까지 조금도 늙지 않았다는 34세의 능력 있는 CEO.

사업가가 아니라 모델을 해도 충분할 거 같은 비주얼의 남자가 이쪽으로 걸어오고 있었다.

어디서 본 듯한 얼굴이다.

유민하는 숨을 크게 삼키며 작게 속삭였다.

"저 사람, 그분 아니야? 패션계의 디오니소스라고 불리는……."

"디오니 밸튼."

"저 사람이 왜 여기에 있어?"

패션계의 디오니소스라.

신서진은 거창한 호칭에 차마 웃음을 참을 수가 없었다.

니들 앞에 서 있는 게 진짜 디오니소스라고.

"자주 보네, 헤르… 아니, 신서진 학생."

"이분이 초대해 주셨어. 좋은 의상도 지원해 주겠다고 하셨고."

신서진의 한마디에 엄청난 반응이 쏟아졌다. 유민하는 감격한 얼굴로 제 입을 틀어막았고, 늘상 조용히 반응하는 선에서 그쳤던 이다영 역시 차마 입을 다물지 못하는 중이었다.

"대체 이분을 어떻게 알고 있던 거야?"

"와, 너 인맥 진짜 대박이다."

"반갑습니다! 잘 부탁드립니다!"

이유승은 뻣뻣이 굳은 자세로 인사를 건넸고, 디오니소스는 가볍게 손을 흔들어 보이는 것으로 대답을 대신했다. 유민하와 이다영은 그 제스처에 심히 감동한 것인지 그대로 함성을 내질 렀다.

"꺄아아악! 멋있어요!"

"팬이에요, 진짜로!"

'너무 대놓고 좋아하는 거 아니냐.'

아무리 생각해 봐도 얼굴을 보고 정신을 놓은 것 같은데.

신서진은 반쯤 넋을 놓은 유민하의 옆구리를 쿡 찌르고선 나 직이 주의를 줬다.

"어째 우리한텐 보여 준 적 없는 표정이다."

"당연하지! 내가 너한테 감동할 일이 뭐가 있다고."

"여기에 데려온 거?"

"…평생 충성하겠습니다."

유민하는 행복해 죽으려 하는 표정으로 뒤늦게 사방을 둘러 보았다.

잠시 정신을 팔고 있었어서 그렇지, 원래대로라면 저 화려한 옷들 틈으로 진작에 뛰어 들어갔을 터였다.

끝이 보이지 않을 정도로 넓은 스튜디오를 가득 채우고 있는 수많은 색깔, 그리고 다양한 스타일의 의상들.

평생 입어 보기조차 어려운 유명 브랜드의 고가의 의상들이 눈에 들어왔다.

옷은 사람의 개성을 담아낸다고 했던가.

이들 중에서 가장 패션에 관심이 많은 이유승은 눈빛부터 달라졌다.

"와하……. 옷들 장난 아니다."

한눈에 봐도 비싸 보이는 재킷들을 눈에 담아 가려는 듯 맹렬하게 노려보고 있는 눈빛에 신서진은 피식 웃고 말았다.

"그만 봐라, 닳겠다."

'제법 귀여운 병아리들을 데려왔네.'

그런 학생들을 천천히 훑어보던 디오니소스가 그답지 않게 차분한 미소를 지어 보이며 입을 열었다.

"디오니 밸튼이라고 해. 모두들 반가운걸."

"와아……. 한국말도 어쩜 그렇게 잘하세요?"

"몇 개 국어 하세요?"

"가볍게 249개 국어 정도 하는… 읍읍, 왜 입을 막는 거지?"

"자, 어서 가자고."

신서진은 지나치게 솔직한 디오니소스의 발언에 그의 입을 틀어막았다. 당연히 허세라고 생각한 최성훈은 웃음을 터뜨리며 엄지손가락을 치켜들었다.

"와우, 브라보! 센스가 있으시네."

"그러게."

사설은 이만하면 됐다. 디오니소스는 은근한 신서진의 눈치를 피해 학생들을 안쪽으로 데려갔다.

촬영과 피팅이 동시에 이뤄지는 스튜디오. 그 오른편에는 이들을 위해 준비해 둔 의상이 있었다.

깍지를 낀 채 한 바퀴 돌아선 디오니소스는 어깨를 으쓱이며 이유승을 향해 물었다.

"아, 거기 꼬마 친구."

"네?"

아까 전부터 눈을 반짝거리는 것이, 이 질문에 대한 해답을 찾을 수 있을 거 같아서였다.

"컨셉을 한번 잘 생각해 봐. 내가 무슨 옷을 준비했을 거 같아?"

오늘 스튜디오에 오기 전에 UCC에 깔릴 곡을 제외한 대강의 컨셉을 상의해 둔 상태였다.

서을예고를 배경으로 자유분방한 분위기를 담아내려고 했었던가.

개성 넘치는 음악가. 그러한 이미지를 만들어 보려 했던 이유승의 시선이 유명 브랜드의 화려한 가죽 재킷에 꽂혔다.

"저런 거요."

"네가 입고 싶은 거 말하지 말고."

이유승은 정곡을 찔렸는지 헛기침을 하며 디오니소스를 올려다보았다.

뭐, 얼마나 대단한 컨셉을 짜 놨는지는 모르겠지만, 천재적인 디자이너의 아이디어가 궁금하기는 했다.

디오니소스는 건너편의 직원을 향해 손짓하며 천으로 쌓인 마네킹을 가져오라고 지시했다.

베일에 싸인 촬영 의상.

신서진 역시 알고 있던 바가 전혀 없었기에 흥미로운 눈길로 마네킹을 빤히 바라보았다.

"학생들에게 가장 어울릴 만한 의상으로 준비해 봤지."

"에이, 설마."

학생이라는 두 단어에 곧바로 몸서리를 친 최성훈이 떨떠름한 표정이 되었다.

굳이 저 말에 강조를 둔다는 건…….

유민하가 손을 들고선 조심스레 물었다.

"교복이에요?"

"정답."

"아……."

디오니소스의 한마디에 동시에 탄식이 튀어나왔다.

하지만, 그 탄식이 탄성으로 변하기까지는 그리 오랜 시간이 걸리지 않았다.

촤악.

디오니소스가 별말 없이 천을 걷어 낸 순간.

이유승은 그 자리에 그대로 멈춰 서고 말았다.

"와… 뭐지?"

＊　　　＊　　　＊

'교복을 이렇게 리폼할 수 있다고?'

서을예고의 교복은 아니었다. 아니, 그 어디서도 본 적 없던 교복이었다.

깔끔한 외관에 화려한 액세서리. 금처럼 반짝이는 액세서리들은 마치 무대 위 조명을 떠오르게 했다. 거기에 자유분방한 페인트가 교복 재킷에서 흘러내리며 개성을 강조했다.

UCC의 컨셉과도 완벽히 맞아떨어지는 의상이었다.

'이렇게 자세히 설명한 적은 없는데.'

무슨 마음을 읽은 것처럼 머릿속에 그리던 의상의 느낌을 그대로 살려 놨다.

이유승은 혀를 내두르며 정신없이 박수를 쳤다.

신의 착장이다.

사람이 만들어 낼 수 없는 예술의 영역이라는 생각마저 들었다.

"이건 신이다."

"내가 신이야."

"그쵸? 그런 거 같아요. 와, 이걸 어떻게 해요."

"신이라니까."

신서진마저 고개를 끄덕이며 디오니소스의 말을 인정했다.

"그러엄. 신이지."

다행히도 두 신의 헛소리는 최성훈의 호들갑에 묻혔다.

"우리… UCC 대박 날 거 같은데."

"아직 촬영도 안 했는데?"

"그냥 느낌이 그래."

디오니소스는 콧노래를 흥얼거리며 뿌듯한 표정을 지어 보였다.

'시간을 내어 병아리들의 의상에 신경 쓴 보람이 좀 있군.'

그렇다면 이제 입혀 봐야 했다.

"이쪽으로 들어오지."

"저요?"

"아니, 아니, 꼬마 친구. 너네 말고. 자, 서진 학생 이쪽으로!"

저 능글맞은 웃음. 보나마나 제멋대로 의상을 입힐 생각에 아주 신이 난 표정이다.

아마 사진까지 찍어서 몇 년은 놀리려 들겠지.

디오니소스는 신서진의 어깨에 손을 얹고선 나직이 속삭였다.

"자아, 신서진 학생. 머리도 깔쌈하게 해 주고, 옷도 핏 장난 아니게 뽑아 놨으니까 믿으라고."

'되게 신났네.'

헤라가 어린 디오니소스를 죽이려 들었을 때, 그를 빼돌려 살려 놓은 것이 바로 헤르메스였다.

디오니소스의 생명의 은인.

갓난아기일 때 그대로 죽을 뻔한 걸 살려 준 게 언젠데. 이제는 아주 기어오르려고 작정을 한다. 디오니소스는 생글거리며 말을 더했다. 분명 골탕 먹이려는 생각을 하고 있는 게 뻔했다.

"사진은 기가 막히게 찍어 둘 테니까. 액자에도 걸어 놓도록 하지."

"스읍."

억울하면 18살에 빙의하면 안 되는 거였는데.

신서진은 끓어오르는 분노를 삼키며 조용히 입을 열었다.

신서진은 디오니소스의 정장을 정리해 주며 애써 싱긋 웃어 보였다.

"애새끼 취급하면 네 손모가지도 잘라 버릴 줄 알아."

"하하하……."

"이상한 거 입히지 말라고. 그것도 포함이야."

"하하……. 디자이너 계속하려면 손모가지는 필요할 거 같은데."

"그니까 최선을 다해 봐. 몇천 년 전 목숨값이야."

"하하하!"

그들의 대화를 들을 리 없는 최성훈은 제멋대로 진지한 추측을 하고 있었다.

"되게 친한 형인가 봐. 웃음이 끊이질 않네."

"그러게. 인맥이 언제부터 저렇게 넓었냐."

"와아, 다른 건 몰라도 아는 형이 부자인 건 진심 부럽다. 이게 다 얼마야. 신서진 재벌 쌍둥이 설, 진짜로 가능성이 있다니까?"

"무슨 말도 안 되는 소리야!"

그렇게 시답지 않은 대화를 하며 신서진을 기다리고 있을 때였다.

몇 분을 그러고 서 있었을까.

벌컥.

마침내 의상실의 문이 열렸다.

머리부터 발끝까지.

디오니소스의 착장대로 탈바꿈한 모습.

신서진이 말끔하게 차려입은 옷과 함께 천천히 걸어 나왔다.

그리고.

"어… 어?"

어어… 어어어?

유민하는 기겁하며 두 눈을 동그랗게 떴다.

비명에 가까운 탄성을 내지른 건 다른 녀석들도 마찬가지였다.

"저게 신서진이라고?"

*　　　　　*　　　　　*

"…진작에 이러고 다니지."

한참을 넋을 놓고 바라보던 유민하가 가장 먼저 입을 열었다. 이다영 역시 공감하는 듯 격하게 고개를 끄덕였다. 이유승은 떨떠름한 표정으로 천천히 걸어 나온 신서진을 응시했다.

"와……."

"뭐지?"

은근히 눈을 찌르던 앞머리는 눈이 잘 보이게 위로 쳐 냈고, 가볍게 웨이브를 줘서 볶아 낸 머리는 연한 갈색 머리와도 제법 잘 어울렸다. 조금 손을 봤을 뿐인데 저렇게까지 변한다고?

본판 자체로도 이미 연예인 상이긴 했지만, 스타일이 바뀌고 나니 길 가던 이들도 한 번쯤 돌아볼 거 같았다. 가만히 있어도 시선이 끌리는 비주얼.

유민하는 혀를 내두르며 나직이 중얼거렸다.

"다른 사람 같다, 진짜."

헤어스타일만 바뀐 것이 아니었다.

늘상 칙칙한 교복만 입고 있어서 몰랐는데, 디오니소스가 준비한 교복 의상은 신서진과도 찰떡으로 어울렸다.

자유분방한 교복에 생기가 차 있는 얼굴.

그대로 화보 촬영을 하러 간다 해도 전혀 이상하지 않을 정도로, 그를 위해 만들어진 옷 같았다.

스타일만 조금 바꿨을 뿐인데, 감탄이 절로 나온다.

저도 모르게 박수를 치고 만 최성훈은 놀란 눈으로 거듭 중얼댔다.

"이 집 스타일링 잘하네."

묘하게 달라 보이는 분위기에 스튜디오 직원들의 시선이 이내 쏠리기 시작했다.

그간 디오니 밸튼의 화려한 의상을 수없이 봐 왔지만 이 정도로 소화를 잘하는 이는 본 적이 없었다.

디오니소스는 만족스러운 듯 싱긋 웃으며 신서진에게 속삭였다.

"관심이 필요하대서 비슷한 효과를 좀 넣어 놨어."

"효과 확실하네."

신의 의상. 그리고 그것을 완벽하게 소화해 낸 신의 착장.

최성훈은 감격 어린 호들갑을 멈출 수가 없었다.

"와, 나. 지인짜 지인짜 우리 UCC 대박 날 거 같아."

"……"

"지인짜로!"

자칫하다간 오늘 밤이 샐 때까지 저 소리만 할 것 같다. 디오니소스는 흐뭇한 미소를 지으며 최성훈의 말을 컷했다.

"의상은 이만하면 충분할 것 같고, 카메라 필요하나? 스튜디오에 촬영할 때 쓰는 거 몇 개 있으니 도와주도록 하지."

"진짜요?"

"우리 측 브랜드와 협업하는 작가들 많으니까, 별로 어려운 일
은 아니야."

"와, 대박."

"꼬마 친구, 설마 감동한 거야?"

"쓰러질 뻔했어요."

"리액션은 좋네."

디오니소스는 구석에 걸려 있던 네 벌의 옷을 넋을 놓고 있는
이유승을 향해 던졌다.

"기왕 나가는 김에 대상 받고 오라고."

"어엇, 열심히 하겠습니다."

양손에 옷을 받아 든 이유승이 그답지 않게 순한 얼굴로 고
개를 끄덕였다. 사실 여기에 저 녀석이 처음 발을 들였을 때부터
디오니소스는 직감했다. 헤르메스가 도와주려 하는 인간이 저
자라는 것을.

'왜 그랬는지는 이해가 되네.'

재능 있고, 빛나며 솔직한 친구다.

디오니소스는 그런 그를 빤히 응시하며 말을 더했다.

"특히 너, 간절하잖아."

"네? 아, 네! 감사합니다!"

이유승은 마치 속마음을 내보인 것 같은 기분에 화들짝 놀란
얼굴로 옷을 끌어안았다.

*   *   *

다섯 명의 서울예고 학생들이 자리를 떠나자마자 디오니소스의 직원들은 연신 감탄을 터뜨리며 그에게 다가왔다. 그 널찍한 스튜디오에서 혼자만 빛나는 느낌. 그 묘한 아우라를 눈앞에서 직관했기 때문이었다.

덕분에 스튜디오는 크게 술렁였다.

"오늘 내가 대체 뭘 본 거지?"

"제대로 눈호강을 한 기분인데."

"한국의 유명한 스타인가?"

"아, 혹시 아이돌?"

"그런 건 아닌 거 같아요. 저도 처음 보거든요."

외국 직원들의 대화를 유심히 듣고 있던 한국인 직원이 아니라고 손사래를 친 후에야 이들의 추측은 끝이 났다. 하지만, 그녀 역시 생각은 비슷했다.

아이돌 덕질 12년, 배우 덕질 5년.

거기에 더해 심지어 이 회사에 들어오기 전까진 모델 잡지의 기자 생활을 3년간 해 왔다.

그러다 보니 딱 감이 왔다.

'곧 뜰 거야. 무조건.'

가만히 있어도 빛이 나는 것 같은 녀석이 생글생글 웃고 있기까지 하니까 더 사람을 홀리는 느낌이다.

모델계의 슈퍼스타들을 수없이 봐 온 그녀의 눈에도 결코 어디서도 밀리지 않는 스타성을 지니고 있다고 느껴졌다.

그녀는 디오니소스의 뒤에 졸졸 따라가 조심스레 물었다.

"그 친구, 이름이 뭐예요?"

"헤르… 아니, 신서진 학생?"

"네, 그 친구요! 걔 진짜 대박 날 거 같거든요. 혹시 친하세요?"

다른 직원들도 귀를 쫑긋 세우고선 귀를 기울였다.

디오니소스는 물기에 젖은 포도를 털고선 피식 웃었다.

"친하지."

"엄청 잘생겼던데. 옷 핏도 잘 어울리고."

"그럼. 걔는 본판도 잘생겼거든."

별생각 없이 디오니소스가 던진 말에 직원들의 두 눈이 일제히 동그래졌다.

'본판?'

"…성형했나?"

"성형한 건가?"

"고등학생 아니었어?"

"요즘 애들은 빨라요."

"그건 또 그래."

폭탄 같은 한마디를 던져 놓고 디오니소스는 태연하게 와인을 한 모금 머금었다.

거기에 더해 아예 쐐기를 박는 말까지 튀어나왔다.

"싸그리 갈아엎었어."

"심지어 싸그리요?"

"어어, 그렇지."

물론 본판이 훨씬 더 잘생겼었지만.

디오니소스는 대수롭지 않게 자리에 앉았다. 그사이에도 직원들의 추측은 계속되고 있었다.

"어머, 그 병원 어디야."

"아무럼 어때, 잘생겼잖아."

"데뷔할까?"

"그렇지 않겠어요?"

"어디 가서 말하지 마요. 이런 건 우리끼리 비밀로 해야 해."

"물론이죠."

생각할 게 너무도 많다. 와인이 좀 들어가니 생각이 조금 정리되는 기분이다.

디오니소스는 시끄러운 인간들을 슬쩍 돌아보고선 혀를 찼다.

"인간들은 대체 뭐라는 거야. 이상한 거에 집착하네."

싸그리 자주 갈아엎는(?) 디오니소스로서는 차마 이해할 수 없는 인간들의 주제.

난리 난 직원들을 뒤로하고 그는 직원들의 휴게실을 빠져나왔다.

포도알을 넣고 입안에서 굴리던 그는 사람들의 시선을 피해 마침내 어디론가 전화를 걸었다.

지금 중요한 건 저렇게 시답지 않은 주제가 아니었다.

뚜르르.

한참 동안 이어지던 수화음이 끝난 후에야 디오니소스는 조심스레 입을 열었다.

양복을 입은 그의 손목에서 금빛 시계가 번쩍였다.

"서을예고 알지?"

—······.

"그쪽 확실하게 알아봐 봐."

나서는 건 오랜만이었다.

*　　　　　*　　　　　*

우리의 강점은 음악이야.

유민하의 말은 옳았다. 그렇기에 UCC에 들어갈 곡은 직접 녹음하기로 결론이 났던 것이었다.

그중에서 각 멤버들의 개성을 가장 확실하게 보여 줄 수 있는, 비교적 신선한 구성이 무엇일까.

'루프 스테이션이라고 알아?'

이다영이 조심스레 내민 아이디어였다.

루프 스테이션은 일정한 구간을 반복적으로 재생하는 곡 구성 방식이다. 소리로 만들어진 트랙을 반복하여 쌓고, 또 쌓고. 그렇게 만들어 가는 음악을 루프 스테이션이라고 한다.

'이 교실의 소리를 담는 거야.'

'그 소리로 음악을 만드는 거지.'

'우리가 그 위에 노래를 부르면 되는 거지?'

기본적인 방식은 일반 밴드와 크게 다를 게 없다. 소리를 수집하고 음악을 만들어 가는 일체의 과정을 전부 UCC에 담겠다는 것이 그 계획. 한국에서는 루프 스테이션이 크게 대중화되지 않은 악기이지만, 외국에서는 대회까지 따로 있을 정도로 제법 대중적인 악기이기도 했다.

간단한 소리로 음을 쌓아 간다는 것이 매력적인 방식이었다.

그렇게 뭘 할지가 정해지자, 편곡 방향도 쉽게 결정됐다. 리셉터의 '하늘 바다' 덕에 데뷔 클래스에 들어가게 되었고, 축제 무대에도 올라설 수 있었으니 이번 UCC 역시 신나는 밴드곡을 편곡하기로 한 것.

그렇게 선정된 것이 브라운 밴드의 '가능이란 말이 필요해'였다.

드럼 비트가 상당히 많이 들어가는 격한 멜로디에 흥겨운 노래.

이들이 사용하려는 루프 스테이션과도, 페인트칠 된 교복 의상과도 잘 어울리는 선곡이었다.

그리고, 오늘이 바로 첫 촬영 날이었다.

루프 스테이션.

그걸 가능하게 하기 위해서는 음악에 들어갈 소스가 필요하다.

모이고 모여서 음악을 구성할 작은 소음들.

그걸 여기서 얻어 내려 한다.

"자아, 자! 집중!"

최성훈은 침을 삼키며 두 손을 높이 들었다.

서을예고 실용음악과 A반 친구들이 단상 위에 선 최성훈을 올려다보며 환호성을 질렀다.

촬영을 위해 여기까지 나서 준 친구들이다.

"최성훈 리포터입니다. 우리의 소리를 찾아서. 오늘은 A반 친구들의 박수 소리를 찾아 긴 여정을 떠나 보았는데요."

"시끄러워!"

"야, 그냥 시작해!"

"빨리 밥 먹으러 가게, 슬슬 시작하자?"

크흠.

"자, 바로 찍을게요! 박수 쳐 주는 거야, 하나, 둘, 셋, 하면. 알았지?"

"가자아!"

"하나, 둘, 셋."

원테이크로 간다.

최성훈의 손이 허공을 가르자, 동시에 사방에서 박수 소리가 터져 나왔다.

음악을 위한 소스.

짝. 짝. 짝. 짝.

음악의 비트를 맞춰서 꺄르르 웃어 대는 반 친구들의 모습, 그리고 선명하게 울려 퍼지는 박수 소리까지.

모두 카메라와 마이크에 담겼다.

교실의 스피커에선 녹음을 마친 임시 음원이 흘러나오고 있었다.

"오케이, 한 번 더!"

짝. 짝. 짝. 짝.

모두가 한마음으로 도와주고 있다. 경쟁 또 경쟁. 서을예고에서는 쉽사리 볼 수 없던 풍경에 A반을 지나가던 주영준 선생은 놀란 얼굴이 되었다.

'상 타면 치킨 사 줄게!'

어떤 말로 A반 친구들의 마음을 돌렸는지 알 길이 없는 주영준 선생의 눈에는 그저 흐뭇할 뿐이었다.

최성훈은 기쁨의 비명을 내지르며 마이크를 들어 올렸다.

"나이스, 소리 완벽하게 땄다!"

스무 명의 닭달이 이어졌다.

"약속 지켜라!"

"꼭 지킬게. 딱 기다려, 대상 타 온다고."

"대상 타면 무조건 1인 1닭."

"1인 1닭! 1인 1닭! 와아아악!"

"최성훈! 최성훈! 최성훈!"

"2인 1닭이야, 어디서 날조냐?

"어, 그럼 난 나간다?"

"야… 야!"

무한의 설득과 협조 요청.

최성훈의 피나는 노력과 함께 A반 창문이 흔들릴 정도로 우렁찬 박수 소리가 반을 메우고 있는 동안, 이유승은 운동장으로 향했다.

"어디가 좋으려나."

잠시 고민 끝에, 이유승은 슬슬 더워지고 있는 날씨에 학생들이 옹기종기 모인 개수대로 발걸음을 옮겼다.

"이거다."

물소리.

콸콸. 듣기만 해도 발끝까지 시원해지는 소리가 마이크에 담겼다.

비트 위에 얹어질 묵직한 물소리를 머릿속에 그리면서 유승은 리듬을 탔다.

음악이 깔렸더라면 이 자리에서 한바탕 춤이라도 춰 보고 싶었다.

이유는 모르겠지만, 괜스레 흥이 오른다.

호스 끝에서 시원하게 뿜어져 나오는 물줄기에 마이크를 가져다 댄 이유승은 저도 모르게 피식 웃었다. 루프 스테이션을 해보겠답시고, 아니, 그 전에 웬 UCC에서 상을 타 보겠답시고 이렇게까지 열심히 해 본 적이 있었던가.

콸콸콸.

호스 끝에서 물이 떨어지는 소리, 촤아악 하며 시원하게 아스팔트 도로 위로 부딪히는 소리까지.

이유승은 녹음된 사운드를 체크하며 만족스럽게 고개를 끄덕였다.

"일단 소리 완벽하게 잘 담겼고."

참 신기하다. 분명 버겁게, 그리고 치열하게 버티고 있음에도 혼자라는 기분이 들지 않았다.

"애네는 잘하고 있나?"

브라운 밴드의 '가능이란 말이 필요해'. 원래는 피아노와 기타, 드럼, 베이스 사운드까지 다양한 악기로 이루어진 노래였지만, 다섯 명이 해석해 낼 '가능이란 말이 필요해'는 사뭇 다른 노래가 될 터였다.

아, 이게 가능해?

싶을 정도로 학생다운 곡을 만들어 보고 싶었다.

학생들의 웃음소리, 박수 소리. 개수대에서 쏟아지는 물소리, 그리고 분필을 끄적이는 소리까지.

어디서도 들을 수 있을 법한 흔한 소리들이 한데 모였다.

그러기 위해 마이크를 들고 교내 곳곳을 헤집고 다녀야 했다.

정신없이 다양한 소리를 담아 온 다섯이 마침내 한자리에 모였을 때.

신서진은 손뼉을 치며 책상 위에서 내려왔다.

"유민하에게 허락받은 게 하나 있는데."

신서진은 생글거리며 손을 흔들었다. 그의 한마디에 최성훈도, 이유승도, 이다영도 모두 시선을 집중했다.

좋네, 이 집중력.

피식 웃어 보인 신서진은 당당하게 말을 뱉었다.

"지금부터 모든 지휘는 내가 맡는다."

"이야아아, 갓서진!"

피식 웃으며 고개를 끄덕이는 유민하부터 모처럼 만에 분위기를 잡은 그가 웃긴지 깔깔대는 최성훈.

이유승과 이다영은 익숙하다는 듯이 두 눈을 반짝였다.

이로써 준비는 끝났다.

자, 이제 마지막으로.

"시작하자."

*　　　　*　　　　*

쾅. 쾅.

칠판 지우개를 내려치는 둔탁한 소리가 노래의 시작을 알렸다.

그 위로 청아한 물소리가 자연스레 더해졌다. A반 친구들을 모아서 쳤던 트라이앵글 소리에, 은은하게 깔리는 웃음소리까지.

제법 강렬한 스타트였다.

유민하는 분필 가루가 후두둑 떨어지는 칠판을 향해 다가가서 거침없이 노래의 제목을 끄적였다.

스윽. 슥.

카메라가 칠판을 한번 클로즈업하고선 유민하를 비췄다. 당당하게 주머니에 손을 찔러 넣은 유민하가 웃으며 마이크를 들었다.

쾅. 쾅. 쾅.

칠판 지우개의 타격음 위에 더해지는 친구들의 박수 소리. 그 강렬한 비트를 배경음 삼아 매력적인 유민하의 목소리가 울려 퍼졌다.

불가능하다고 믿었던 꿈이란 말야
모두가 비웃었잖아 안 될 거라고

'와······.'

카메라맨도 절로 감탄하게 만드는 도입부. 유민하는 카메라를 똑바로 쳐다보고선 싱긋 웃어 보였다.

괜히 천상의 보컬이 아니다. 유민하의 목소리는 노래의 시작을 설레게 하는 재주가 있었다. 비트를 따라 심장이 조금씩 빨리 뛰는 기분. 카메라 너머로 그녀의 생기가 온전히 전해졌다.

불가능이란 말을 써서 접었어
뭣도 없지만 할 수 있을 거라 믿었어

탁. 칠판 지우개를 더 멀리 던져 버리는 것으로 카메라 화면이 전환되었다.

이번에는 이다영의 차례다.

유민하가 깔아 둔 목소리 위로 이다영이 부드럽게 화음을 얹었다. 힘 있는 유민하의 보컬에 어울리는 맑은 목소리. 이다영은 고개를 까닥이며 책상 위에 앉아 기타를 치기 시작했다.

늘 소극적이던 이다영이지만, 카메라 앞에서는 사뭇 달랐다.

두 눈을 빛내며 자신의 존재감을 충분히 뿜어내고 있었다.

마치 밤하늘에서 은은하게 빛을 발하고 있던 별처럼.

제 온 힘을 다해, 그렇게 빛나고 있었다.

시작할 땐 원래 아무것도 없는 거잖아
왜 벌써 포기하라고 나를 재촉해

디리링.

기타의 경쾌한 소리가 반주 위에 얹어졌다.

한결 더 풍부해진 반주는 그렇게 한 음씩 한 음씩 쌓여 갔다.

루프 스테이션의 매력. 별것 아닌 것 같은 음들이 쌓여 음악을 만들어 내는 것.

그것이 다섯이 전하고 싶은 메시지기도 했다.

기타를 가볍게 흔들어 보인 이다영은 웃으며 복도로 손짓했다.

카메라 앵글 역시 그녀를 따라 부드럽게 움직였다.

이제 카메라는 이유승을 조명했다.

복도 벽에 발을 대고 있던 이유승이 살짝 허세 섞인 눈빛으로 카메라를 응시했다.

원곡에는 없었지만 이다영이 손을 봤던 랩 파트가 이어졌다.

이유승은 한 바퀴 제자리에서 돌고선 제스처와 함께 랩을 뱉었다.

조급하지도 않고 늘어지지도 않게.

여유로운 이유승의 랩이 자연스레 흘러나왔다.

춤에만 재능이 있는 게 아니다. 박자를 가지고 놀고, 쪼개고, 비트는 법을 아주 잘 알고 있다.

0이라는 숫자에 10을 더해
넌 10이라고 했지, 아니, 나는 100이라 부를 건데
계산도 상식도 안 통하는 게 세상인걸
내일이 없는 것처럼 일단 질러

이유승은 벽을 박차고선 고개를 까닥였다. 리듬을 타면서 음악을 즐기던 이유승은 신서진을 향해 하이 파이브를 쳤다.

마치 이어달리기처럼 그의 랩을 이어받은 신서진이 카메라를 향해 웃었다.

개성적인 교복이 복도의 조명을 받아 반짝였다. 신서진은 특유의 오묘한 분위기를 뿜어내며 카메라를 시선만으로 집어삼켰다.

Break it down
나는 잃을 게 없단 말이야
얻을 것도 없지만

모든 노래를 이질적이지 않게 소화해 내는 능력. 탄탄한 가창력이 청량한 목소리와 만나 빛을 발했다.

'대단하네.'

이런 영상을 찍어 본 적이 없었을 텐데도 자유자재로 카메라를 가지고 놀았다. 조금도 놓치지 않겠다는 듯 훌륭하게 자신의 파트를 끝낸 신서진이 확, 교실의 문을 열어젖혔다.

"와아악!"

최성훈은 카메라를 끌어당기며 다시 교실로 들어왔다. 각자의 파트를 완벽하게 소화한 다섯 사람이 다시 교실 정중앙에 모였다.

매끄러운 동선.

이번에는 안무도 함께였다.

몇 번을 연습했는지 팔을 뻗는 각도, 발소리조차 딱딱 맞는

군무.

신서진은 손을 뻗으며 하이라이트 파트를 흔들림 없이 불렀다.

가능이란 말이 필요해
넌 할 수 있을 거라 말해 줘
한 번만 눈을 감아 줘

어차피 UCC에는 라이브 음원이 들어갈 리 없지만, 지금 이 라이브 그대로 UCC에 넣어도 전혀 문제 없을 정도로 시원시원한 발성이 교실 내로 울려 퍼졌다.

가능이란 말이 필요해
안 된다는 소리는 그만하면 충분한걸
한 번만 나를 믿어 줘

기타 소리와 직접 만든 비트, 다섯의 목소리가 한데 어우러진다.

짝. 짝. 짝. 짝.

바로 곁에는 없지만 온 힘으로 도와준 A반 친구들의 박수 소리도 더해진다.

다양한 타격음이 만들어 내는 노래.

각자의 개성적인 색깔을 살리면서도 수없이 합을 맞춰 온 터라 매끄럽다.

연습의 결과물. 그들이 흘렸던 땀방울이 결실을 내는 무대였다.

신서진은 유연한 춤을 선보이며 카메라를 향해 여유롭게 표정을 지어 보였다.

이 중에 프로는 없었다.

데뷔를 한 것도 아니고, 겨우 꿈을 향해 달려가는 학생들일 뿐이지만.

그렇기에 더욱 담아낼 수 있는 메시지가 있었다.

자유분방함.

페인트가 여기저기 칠해진 교복이 교실 조명 아래에서 환하게 빛났다.

톡톡 튀는 신선함, 표정에서 느껴지는 생기. 음악을 즐기는 에너지.

카메라 너머로도 그 자유분방함이 또렷이 전달될 것이라 믿었다.

쾅 쾅. 쾅.

심장이 빠르게 뛰는 소리를 따라 노래는 막바지를 향해 달려갔다.

가능이란 말이 필요해
넌 할 수 있을 거라 말해 줘
한 번만 눈을 감아 줘
가능이란 말이 필요해
안 된다는 소리는 그만하면 충분한걸

한 번만 나를 믿어 줘

파앗.

이유승이 앞으로 튀어나와 독무를 선보였다.

어려서부터 팝핀을 배워 온 터라, 강약 조절 확실한 춤 선이 격하면서도 부드럽게 흘러나왔다.

힘이 실린 댄스가 리듬을 타면서 노래에 자연스레 녹아들었다.

가장 고음인 파트.

원래는 유민하나 신서진에게 맡기려 했던 파트가.

이유승의 몫으로 던져졌다.

'이걸 내가 해도 될까?'

끝까지 걱정 어린 시선으로 신서진을 돌아보았던 이유승이다.

하지만, 카메라 앞에선 그러한 망설임을 볼 수 없었다.

어쩌면 서울예고를 떠나야 할지도, 지금까지의 무대가 마지막이 될지도 몰랐지만.

그렇기에 더욱 후회 없는 노래를 지를 수 있었다.

보란 듯이 증명해 보일 거야
안 된다고 비웃었던 그래 니들

어쩌면 가장 하고 싶었던 말.

이유승은 고개를 들어 카메라를 정확히 응시했다.

가능이란 말이 필요해

"워후!"

동시에 교복 재킷을 벗어 어깨에 걸친 다섯이, 카메라를 향해 환하게 웃고 있었다.

＊　　　＊　　　＊

"와, 이렇게 나왔다고?"

편집된 영상을 보고 나니 절로 감탄이 튀어나왔다. 최성훈은 제 눈을 비비고선 두 손을 번쩍 들었다.

"너무 잘했는데?"

색감과 영상미는 물론이고 찍을 당시의 생동감이 고스란히 살아 있다. 다섯이 찍었던 무대와, 루프 스테이션을 준비하는 과정. 운동장에서 뛰어노는 친구들과, 온 힘을 다해 박수 쳐 준 이들이 영상 속에 부드럽게 뒤섞였다.

음악이 만들어지는 과정과 그 결과물을 모두 담아낸 연출.

디오니소스에게 부탁해서 비싼 카메라를 구했던 보람이 있다.

편집은 센스 있는 유민하와 이다영에게 맡겼었는데 생각보다 훨씬 잘 만들어 났다.

학생들이 만든 UCC라는 것이 믿기지 않을 정도였다.

"연영과한테 무조건 밀릴 줄 알았는데, 이 정도면 해 볼 만하겠는데?"

"우리가 한 게 맞나 싶을 정돈데. 엄청나지 않아?"

유민하는 싱긋 웃으며 신서진의 옆구리를 쿡 찔렀다.

"야, 신서진?"

"와아아……. 신기하다."

신서진은 아까부터 넋이 나가서는 같은 영상만 계속 돌려보고 있었다. 열심히 뭔가를 찍고 있긴 했었지만 이런 결과물이 나올 줄은 몰랐던 표정이다. 편집이라는 걸 알 리 없는 신서진의 입장에선 화면이 전환되고 장소가 바뀌는 것이 마냥 신기하게만 느껴졌다.

덕분에 노트북 화면에 아예 코를 파묻을 지경이었다.

"와, 또 바뀌었어!"

세상살이에 통달한 사람처럼 어른스럽다가도 저럴 때 보면 참 순수하기까지 하다.

유민하는 피식 웃음을 흘리며 손뼉을 쳤다.

"지금 이럴 때가 아니라니까?"

"올리자."

"올려야지."

데뷔 클래스의 중간 평가, 그리고 중간에 있었던 월말 평가까지. 바쁜 스케줄을 쉼 없이 달리면서도 시간을 내어 준비했던 공모전이다. 막상 이렇게 출품하려니 긴장이 된다. 신서진은 마지막으로 영상을 보고선 침을 삼켰다.

"들어왔어, 이제 낸다. 모여 봐, 모여 봐."

"이거 빨리 다 채워 봐."

"알았어."

공모전 접수 페이지에 접속한 유민하는 빠르게 양식을 채워 나갔다.

이름, 나이, 학교. 거침없이 키보드를 두들기던 유민하는 무언가를 크게 깨달은 듯 마지막 페이지에서 멈춰 섰다.

어?

"미친. 아, 맞다!"

"왜?"

"우리 팀명 정해야 해."

"팀명?"

아, 그걸 빼먹었구나.

유민하의 한마디에 단체로 심각한 얼굴이 되었다. 축제를 나설 때도 그렇고 실용음악과 A반이라고만 했었지 특별히 팀명을 따로 정했던 적이 없다. 이다영은 머리를 긁적이며 조심히 입을 열었다.

"다들 생각해 둔 거 있었어?"

"글쎄."

이렇게 근사한 영상을 만들어 놨는데 팀명을 허접하게 지을 수는 없다.

모두들 깊은 고민에 빠졌다. 다섯 명을 모두 상징하면서도 뜻이 좋은 이름. 막상 갑작스레 생각하자고 하니 떠오르는 이름이 없었기 때문이었다.

정적을 깨고 이유승이 입을 뗐다.

"우리가 다섯 명이잖아."

"그렇지."

"팀명에 그게 들어가면 좋을 거 같아서……. 그래서……."

뜸을 들이니까 조금 불안해진다. 신서진은 이유승을 빤히 바라보며 다음 말을 기다렸다.

"하이 파이브?"

짝.

어색하게 내민 이유승의 손을 살짝 쳐 준 신서진은 단호하게 고개를 돌렸다.

"응, 내가 해 줬으니까 다음 걸로 넘어가자."

"그래, 그러자."

"직장인 밴드 같았어, 방금."

유민하의 돌직구에 최성훈은 숨이 넘어가라 웃어 댔다.

"직장인 밴드 미쳤냐고. 아학학학……"

"그만 웃어. 뒈질래?"

괜히 까불거리다가 이유승에게 한 대 얻어맞은 최성훈은 시무룩한 얼굴로 책상에 엎어졌다.

하지만 금세 벌떡 일어서서 사뭇 진지한 얼굴로 말을 꺼냈다.

하여간 회복은 참 빠르다.

"나는 뜻이 되게 중요하다고 생각하거든. 풍수지리와 음양오행의 뜻을 전부 고려해 봤을 때! 우리가 정상에 올라야 하는 거잖아."

"그렇지."

"그러면 그걸 의미하는 단어를 넣는 게 좋지 않을까."

"그 단어가 뭔데?"

"탑……?"

"그게 왜 풍수지리야."

"아, 일단 뜻이 좋잖아. 가령 탑보이즈 이런 거……?"

한마디를 뱉고 나니 여러 마디가 돌아온다.

"구려."

"되게 욕먹을 거 같은 이름이야."

"아니야, 그건 아닌 거 같애."

"절대 반대."

"…너무해라."

이대로 가다간 밤이 되도록 팀명을 못 정하게 생겼다. 신서진은 따분하다는 듯 기지개를 켜며 팀원들을 돌아보았다.

그나마 이런 거 잘 짤 만한 사람이…….

신서진의 눈길이 이다영에게로 향했다. 골똘히 생각만 하고 있는 걸로 봐선 뭔가 좋은 아이디어가 있을 법도 하다.

신서진이 고개를 까닥이며 이다영에게 물었다.

"괜찮은 거 있어?"

"음……. 아니면 그냥 우리 나이로 하는 건 어떨까?"

아까부터 잠자코 고민하고 있던 이다영이 연필을 쥐고선 고개를 들었다. 최성훈은 화들짝 놀란 눈으로 손뼉을 치며 말을 얹었다.

"오, 그거 괜찮다. 출생연도 따서 98즈 이런거."

"야, 일단 최성훈 입부터 막고 정하자. 쟤는 진짜 센스를 어디 팔아먹고 온 거 같아."

"너무하잖아, 읍읍……!"

이유승에 의해 강제로 입단속을 당한 최성훈이 가만히 있는 동안 유민하가 두 눈을 반짝였다.

이다영이 말한 대로 나이를 넣은 그럴싸한 팀명.

다섯 명 모두 열여덟 살이니깐…….

"에이틴."

"……!"

그걸로 결정됐다.

그리고 한 달이 지났다.

Chapter. 6

　A반의 보컬 수업 시간.

　주영준 선생은 칠판을 손으로 가리키며 3교시 수업에 열중하고 있었다. 배고픈 탓인지 슬슬 애들의 집중력이 떨어져 가는 게 보이건만, 주영준 선생은 조금도 흐트러지지 않고 호흡과 발성에 대한 수업을 이어 나갔다.

　"우리가 일반적으로 노래를 부를 때 밋밋한 노래들 있지?"

　"네에……."

　"노래가 밋밋하다고 느껴지는 이유가 높은 확률로 호흡을 제대로 못 써서거든. 앞자리, 성훈이."

　"네?"

　"한번 진성으로 노래 불러 봐. 호흡 넣지 말고."

　마침 졸고 있던 최성훈이 두 눈을 비비며 일어서자 뒤편에서 웃음소리가 터져 나왔다.

반쯤 감긴 눈으로 시키는 건 또 잘한다.

최성훈은 호흡 없이 무덤덤하게 한 소절을 불렀다.

"너를 봤던 그 거리에서—"

주문했던 그대로다.

주영준 선생은 최성훈의 머리를 퍽퍽 다소 거칠게 쓰다듬고선 한숨을 뱉었다.

"아악, 쌤……."

"호흡을 빼고 부르면 어떤 거 같지?"

"제 목소리가 근사하게 느껴져요. 악!"

"감정이 전혀 실리질 않지? 발라드를 이렇게 부르면 관객이 들었을 때 건조하다고 느끼는 거다. 사막에서 노래 부를 거 아니잖아. 발라드 가수들이 촉촉한 보이스, 이러면서 홍보하지 건조한 보이스라고 홍보하진 않을 건 아니냐."

"네엡!"

"여기서 중요한 게 바로 호흡이라는 거야. 최성훈, 호흡 넣어서 다시 불러 봐."

최성훈은 목을 가다듬더니 손을 마이크 잡듯 쥐었다. 최성훈의 뒷자리에 앉은 이다영은 이미 웃음을 참기 위해 애쓰고 있었다. 예상했던 대로다.

호흡을 넣으랬더니 공기 90프로 소리 10프로로 때려 박고 있다.

"너허를… 봐았던… 그 거리혜서……. 악! 왜요!"

주영준 선생은 최성훈의 목덜미를 부드럽게 움켜쥐고선 학생들을 돌아보았다.

"호흡을 많이 쓰면 이렇게 이상한 놈이 된다는 걸 성훈이가 증명한 거야."

"푸흡."

"바람 빠진 주유소 풍선도 너처럼 호흡을 많이 넣지는 않겠다, 이 녀석아."

"저는 호흡조차 근사한데요? 방금 좀 섹시하지 않았어요? 일부러 그렇게 했거든요. 아악! 아니, 맞잖아요!"

주영준 선생의 손아귀에 붙들린 채로 할 말은 빼놓지 않는 최성훈이다. 신서진은 황당하다는 듯이 대롱대롱 매달려 있는 최성훈을 올려다보았다.

한참 그렇게 수업이 진행되고 있던 순간.

똑똑.

갑자기 교실 앞문이 열렸다.

"음?"

옆반 학생이었다. 주영준 선생은 놀란 눈으로 고개를 돌려 물었다.

"수업 중이다. 무슨 일이야?"

"아… 아아. 그… 이거 전해 드리라고 해서요."

수업 시간이라는 것에 다소 당황한 것인지 옆반 학생들은 편지봉투 하나를 교탁 위에 내려놓고선 종종걸음으로 도망가 버렸다.

"으음, 그래."

주영준 선생은 최성훈을 풀어 주고선 교탁 앞으로 향했다.

"호흡을 적절히 쓰는 것이 노래를 그럴싸하게 들리게 해 주는 감미료라고 생각하면 되는데, 오늘 수업 시간엔 호흡을 어떻게 써야 할지에 대한 내용을……."

음?

주영준 선생은 봉투 안의 내용을 보곤 멈칫했다. 두 눈을 커다랗게 뜨고선 당황한 얼굴로 굳어 버렸다.

"왜 저러서?"

"몰라."

"누구 사고 쳤냐?"

술렁술렁.

갑작스레 설명을 멈춘 탓에 의아해진 학생들이 두 눈을 끔뻑이며 고개를 들었다.

"어……."

주영준 선생은 최성훈을 돌아보며 손짓했다.

"성훈이 나와 봐."

"저, 저 왜요. 또 노래 불러요?"

그게 아니다. 주영준 선생은 편지 봉투를 들어 올리고선 한 명, 한 명씩 이름을 불러 나갔다.

보컬 수업 시간과는 전혀 어울리지 않는 호명에 학생들이 웅성이기 시작했다.

"유민하, 이유승, 이다영, 신서진. 네 명 앞으로 나와 봐."

"네? 저희요?"

"갑자기 저희는 왜요?"

"어……."

일단 부르니 주섬주섬 나가 본다.

유민하는 두 눈을 굴리며 눈치를 살폈고, 신서진 역시 의아한 낯빛으로 고개를 갸웃거렸다.

이 조합을 부를 일이 딱히 없을 텐데.

설마.

설마…….

주영준 선생은 매끈매끈하게 코팅된 종이를 꺼내고선 묵직한 한마디를 던졌다.

너무도 갑작스럽고, 예상치 못했던 소식이었다.

"너네 공모전 상 받았다. 대상이야. 축하한다."

"대… 대상이요?"

대상이라고?

잠시 머릿속 필라멘트가 끊겼다가 돌아왔다.

"대… 대대대대… 대… 대……."

"언제까지 할 거야."

"진짜… 대상이에요?"

뒤늦게 그 말의 의미를 이해한 최성훈이 냅다 비명을 질렀다.

"와아아아악!"

"꺄아아아!"

다섯은 동시에 자리에서 튀어올랐다.

그 큰 대회에서 대상이라니.

연극과를 제치고, 다른 예고 학생들을 제치고. UCC 대회에서 대상을 받을 줄이야. 유민하는 감격한 표정으로 이다영을 끌어안고 말았다.

처음 도전할 때만 해도 될 거라고는 생각지도 않았다.

그럼에도 이루어 냈다.

그 어마어마한 경쟁률을 뚫고서 말이다.

"신서진! 유민하! 이유승! 이다영! 최성훈!"

"야, 치킨 사라!"

"와아아악!"

"축하한다!"

A반에는 한동안 함성이 끊이질 않았다.

나름 도와주겠답시고 뛰어다녔던 녀석들이라 그런 건지.

지금 이 순간만큼은, 모두가 같은 마음이었다.

*　　　*　　　*

─와 이거 뭐냐? 이게 학생들이 만든 UCC라고??? 진심으로?

└가말필(가능이란 말이 필요해) 매일 들었는데 이번 기회로 떡상
할 듯

└근데 나만 편곡이 더 좋게 느껴져?

└솔직히 진짜 잘 뽑긴 했어. 이것도 애들이 했다는 게 안 믿겨
짐 ㅋㅋㅋ

└서을예고는 진짜다

└천재들만 모여 있긴 해

└아웃풋 오지잖아 요새 핫한 연옌들 다 저기 출신 ㄷㄷ

└얘네도 곧 데뷔해서 가요계 휩쓸 듯

─저 의상 디오니 밸튼이 지원해 준 거라던데. SNS 봄? 디오니
밸튼이 홍보함 ㅋㅋㅋㅋ

└에이 설마

ㄴ이왜진

ㄴ미친 ㅋㅋㅋㅋㅋㅋ

ㄴ쟤네 금수저야?

ㄴ저 옷 한 벌에 얼마냐 ㅋㅋㅋㅋㅋ

ㄴ곡 듣고 반해서 지원했다는데…… . 그럴 만해.

ㄴ아무리 그래도 디오니 밸튼??? 이미 소속사 있는 거 아니냐? 이게 말이 돼? 바이럴인가?

ㄴ소속사 없대 추측 삼가 좀

ㄴ일단 저 실력이 바이럴이 아님 쟤네 공연 영상 못 봄?

ㄴ22222 나 이거 보고 와서 반함

ㄴ애들 그냥 데뷔시켜도 될 수준

—서을예고 실용음악과 학생들이에요! 저 같은 반인데 애들 되게 열심히 준비했으니 예쁘게 봐 주셨으면 좋겠습니다! :)

ㄴ친구들한테 미쳤다고 전해 주세요

ㄴ저 갈색 머리 누구예요? 살짝 파마 한 애

ㄴ신서진이요!

ㄴㅠㅠㅠㅠㅠㅠㅠㅠ나 입덕할 거 같애

ㄴ쟤 데뷔 안 함?

ㄴ저희 학교 데뷔 클래스 소속이라서 데뷔할 수도 있어요!

ㄴ데뷔 존—버

ㄴ존—버

ㄴ서진아 제발 데뷔해 줘라 ㅠㅠ 내 통장 다 갖다 바칠게 ㅠㅠ

서울 KPOP UCC 공모전. 대상을 수상한 에이틴의 영상은 다음 날 공식 유튜브를 통해 공개됐다.

매년 해 온 공모전이지만 이토록 반응이 뜨거운 것은 처음이다.

〈하이스쿨 2015〉의 막내 작가를 맡게 된 유재현은 점심을 급히 삼각김밥으로 때우면서 홀린 듯 너튜브 영상에 빨려 들어갔다. 이쪽 일을 시작하면서 여러 무대를 봐 왔지만 카메라 너머로도 저렇게 생동감이 느껴지는 무대는 처음이었다.

'이게 애들 아이디어라고?'

심지어 편집과 연출까지 애들이 직접 했다는 것이 놀라울 따름이었다.

요즘 애들은 진짜 천재구나. 거듭 감탄한 유재현은 다시 손가락을 움직여 영상을 틀었다.

이다음은 무대 영상이었다. 댓글에 서을예고 축제 영상 얘기가 많았던 터라 별 기대 없이 봤는데 이게 대체……. 급기야 입이 떡 벌어진다.

"와……."

UCC에선 볼 수 없었던 라이브 실력. 음원을 틀어 놓은 것처럼 탄탄한 발성이 환호성을 뚫고 나왔다.

"노래도 잘하네?"

재능의 영역을 엿본 기분이다. 몇 개의 무대만 봤을 뿐인데 애들 한 명 한 명의 개성이 넘쳐흘렀다.

얼핏 보면 반항적이지만 춤으로 모든 이야기를 전해 내는 메인 댄서 이유승. 계곡물처럼 맑고 뚜렷한 매력적인 목소리로 귀를 사로잡는 메인보컬 유민하. 수줍어하면서도 막상 카메라 앞에선 할 건 다 하는 순수한 작곡 소녀 이다영. 생글생글 웃으면서 팀의 텐션을 올려 놓는 분위기 메이커 최성훈.

마지막으로.

노래, 춤, 그리고 얼굴까지. 뭐 하나 빼놓을 데 없는 신서진까지.

이대로 데뷔한다 해도 전혀 이상하지 않은 조합이다.

유재현은 자신 넘치게 고개를 끄덕였다.

"뜬다. 얘넨 무조건 뜬다."

무조건이야, 무조건.

그렇게 유재현이 중얼거리며 사이다를 뜯고 있던 순간.

"뜨긴 무슨. 네가 오늘 이 바닥을 뜨겠지."

"헉!"

스윽.

싸한 기운이 바로 그의 뒤에서 느껴졌다. 묵직한 한마디가 이어졌다.

"네가 지금 밥이 넘어가?"

"켁."

유재현은 몸서리를 치며 자리에서 벌떡 일어났다. 〈하이스쿨 2015〉의 조연출이 달갑지 않은 눈으로 그를 내려다보고 있었다.

"빠릿빠릿하게 섭외해도 모자랄 판에, 너튜브 볼 시간은 있고?"

"어어, 그게 아니라. 잠시 밥 먹고 있다가……."

"밥 먹을 시간은 있고?"

뭔 말을 해도 깨지게 생겼다.

그냥 입을 다물어야지.

"가, 가겠습니다!"

맞다, 지금 완전 난리 났었지.

삼각김밥을 급하게 욱여넣은 유재현은 울상이 된 얼굴로 조연출을 따라나섰다.

*　　　　　*　　　　　*

〈하이스쿨 2015〉 팀은 지금 완전히 비상이었다. 당장 며칠 뒤가 드라마 12회 촬영.

시청률도 상승세에 시청자 반응도 좋았지만 갑작스러운 문제가 닥쳤다.

한 에피소드에 카메오로 출연하기로 한 사람이 펑크가 나 버렸기 때문이었다

그것도 대형 사고를 쳐서.

제이.

갑질 사건이 제대로 터져 버리는 바람에 그녀의 모든 스케줄이 취소됐다. 카메오로 출연 예정이었던 〈하이스쿨 2015〉도 마찬가지였다. 상승세인 드라마에 논란 있는 신인을 써서 말아먹을 수는 없었다.

때문에 미리 뿌려 났던 홍보 기사도 수거해야 했고, 그 자리를 대체할 사람도 뽑아야 할 마당이다.

시간적 여유가 도통 없었다. 갑자기 카메오를 뽑으려 하니 생각만큼 잘 구해지지도 않았고.

말이 좋아 까메오지, 자신이 메인으로 맡고 있지도 않은 드라마를 바쁜 와중에 흔쾌히 나와 주는 게 쉬울 리가. 연락을 몇 군데 취해 봤지만 하필이면 다들 바쁘단다.

조연출이 심각한 얼굴로 한숨을 내쉬었다.

"그래서 아직 캐스팅을 못 한 거야?"

유재현은 눈치를 살피며 조용히 고개를 떨궜다. 그래 봤자 화살은 그에게 돌아오게 되어 있었다. 한심하다는 듯한 눈길이 그에게 닿았다.

"생각해 놓은 사람도 없어?"

"생각해 둔 사람은 있는데요."

"신인이어도 상관없어. 지금 그거 가릴 처지가 아니잖아."

일단 질러 봐야 했다. 유재현은 헛기침을 하고선 긴장한 표정을 감췄다.

충동적이긴 했지만 때마침 떠오른 사람이 있다. 원래 직장 생활은 임기응변이라고, 유재현은 마치 미리 계획했다는 듯 너튜브에서 영상을 찾아 조연출의 손에 쥐어 주었다.

밥 먹을 동안 신나게 봤던 너튜브의 UCC 영상이었다.

"기가 막히더라고요. 서울예고 학생들인데 반응도 좋고, 댓글도 보시면 난리 났고."

"신인이어도 상관없다고 했는데······."

"네에······?"

"신인도 아니잖아, 이 자식아."

컥.

유재현은 조연출의 돌직구에 시무룩한 표정으로 고개를 떨궜다. 하지만, 뒤이어 들려온 말은 뜻밖이었다.

"흠, 얘네 괜찮은데?"

"그러게요. 애들 다 잘생겼네. 끼도 있고."

"이 정도면 화제성도 좋은데요?"

"가릴 게 없긴 하죠. 이대로 가는 거 어때요?"

다행이다.

또 까이려나 했는데 확정이다.

"책임지고 캐스팅해 와."

"네… 네!"

유재현은 격하게 고개를 끄덕이며 답했다.

"제가 꼭 데려오도록 하겠습니다."

＊　　　　　＊　　 .　　　＊

신서진, 신서진…….

유재현은 그 이름 석 자를 중얼거리며 서을예고로 들어섰다.

여길 오기 전까지 조사는 충분히 해 보고 왔다.

신서진 학생, 이번 무대에 대한 소감 한마디만 들려 주세요.

▶ 가까이 오지 마세요.

"파손 주의, 취급 주의."

가까이 다가가지도 말고, 멀리서 대화를 해야 한다는 전설의 포X몬, 아니, 포켓돌.

그때는 아직 기자를 무서워할 때라고 쳐도…….

설마 이번에도 도망가려나?

"신서진 어딨어?"

"이렇게 생긴 친구 지금 어디 있는지 알아?"

교무실에서 출입 허가를 받고, 애들에게 물어 물어 3층으로 향한 끝에 발견했다.

복도 끝에서 애들과 한데 모여 떠들고 있는 신서진을.

못 알아볼 수가 없었다.

멀리서도 느껴지는 스타의 아우라.

볶아 놓은 머리는 밝은 이미지와도 제법 잘 어울렸고, 특유의 환한 미소가 햇살을 받아 빛났다.

"와."

찾았다.

알은척해도 되려나?

처음에는 조심스럽게 접근할 생각이었지만……

유재현은 신난 나머지 두 손을 흔들며 그의 이름을 외쳤다.

"신서진 학생! 신서진 학생 맞죠?"

"……!"

그리고.

후다다닥.

유재현의 한마디가 끝나기 무섭게 신서진이 냅다 뛰기 시작했다.

"아, 안 돼!"

역시 기자의 말이 맞았다.

포켓돌. 내 포켓에서 도망칠 거 같은 신인 아이돌 1위.

"같이 가요오오!"

유재현은 왕년의 계주 경험을 되새기며 사라진 신서진의 뒷모습을 쫓아 달리기 시작했다.

                    *   *   *

　서울예고 앞 카페. 유재현은 애들이 좋아한다는 스무디를 잔뜩 사 들고 앞에 앉았다.

　초롱초롱한 눈빛으로 자신을 올려다보는 다섯 친구들이 있었다.

　"허억… 헉. 미안, 내가 하도 뛰어서."

　유재현은 숨을 헐떡이며 흘러내리는 땀을 옷소매로 닦았다.

　그렇게 내달렸는데도 신서진이라는 녀석은 전혀 지쳐 보이는 기색이 없었다.

　'역시 어린애들은 달라. 젊어……'

　씁쓸해진 유재현은 머릿속 화제를 바꿨다.

　에이틴이라고 했던가.

　영상도 보고 무대도 전부 봤다. 무대 위에서는 반항적이고 자유분방하던 녀석들이, 막상 이렇게 보니 세상 순해 보이기만 했다.

　말릴 수 없을 거 같은 집념. 가슴이 뜨거워지는 열정.

　그런 건…….

　스무디와 케이크를 향해 있었다.

　"야, 야. 뺏어 먹지 말라고!"

　"헐, 저 초코로 주세요. 아, 잠만. 그거 내 건데."

　"에엥. 눈앞에서 사라졌다. 케이크가…….."

　"누가 다 처먹었어!"

　우당탕탕. 유재현의 앞에서 레슬링을 선보이고 있는 유민하와 최성훈은 뒤늦게 정신을 차리고 자세를 고쳐 앉았다. 이미 머리는 까치집이 되어 있었지만 말이다.

유재현은 헛기침을 하고선 본론으로 들어갔다.

여기까지 이들을 끌고 오는 것도 힘들었다.

신서진은 이쪽을 보자마자 냅다 도망가질 않나, 그나마 사태를 파악한 유민하와 이다영이 신서진을 끌고 와 준 덕에, 에이틴 전 멤버가 이쪽으로 올 수 있었다. 카페에 오기까지 수상한 사람이 아님을 증명하기 위해 명함만 다섯 번 넘게 보여 준 것 같다.

스무디랑 케이크까지 바쳤으니 이제 본론으로 들어갈 차례다.

유재현은 깍지 낀 두 손을 탁자 아래로 내리고선 짐짓 진지하게 입을 열었다.

"뮤직 드라마에 카메오로 캐스팅하려고 온 거거든."

"누구를요?"

"너희 다섯 명 전부."

신서진은 떨떠름한 표정으로 머리를 긁적였다.

뮤직 드라마. 일단 한국에 오기 전에 드라마는 몇 번 본 적이 있었으니 유재현의 말을 이해하지 못한 것은 아니었다. 다만, 하나 궁금한 것은.

'왜 우리를?'

신서진의 마음을 읽은 것처럼 이유승이 먼저 선수를 쳤다.

"저희는 연기를 안 해 봤습니다."

거절의 의사는 아니었다. 공중파 한번 나가 보겠다고 갈등했던 이유승에겐 나름 좋은 기회였지만, 여전히 의심을 지울 수 없었기 때문이다.

연기도 안 해 봤지, 데뷔도 안 했지. 그런 애들에게 갑자기 드라마 출연 제안이라니. 스스로 생각해 봐도 이상했다.

충분히 이들의 입장에선 그런 생각이 들 만도 했다. 제이가 사고 치는 바람에 카메오 자리가 펑크 나지 않았더라면 굳이 이 친구들까지 부르진 않았을 테니까.

하지만, UCC 영상이 엄청난 호평을 얻고 있고, 큰 연기력을 요하는 장면도 아니다. 그 영상에서 충분한 가능성을 본 유재현은 에이틴을 설득하고 싶었다.

"연기는 크게 걱정할 필요 없어. 노래 위주라 노래 부르면서 연기는 살짝만 해 주면 돼."

유재현은 가방에서 프로그램 설명서를 꺼내 들었다.

〈하이스쿨 2015〉. 서울예고처럼 예술고등학교를 바탕으로 한 하이틴 로맨스 뮤직 드라마였다. 여기에서 에이틴이 활약할 장면은 바로.

"주인공 팀이랑 음악 배틀 하는 장면인데."

"배틀 하면 신서진이죠."

"얘는 기타 들고 날아요."

"으… 으음?"

유민하는 기타를 들고 백텀블링을 하던 신서진의 모습을 다시금 떠올리며 웃었다. 다시 봐도 살벌한 음악 배틀이다. 적어도 퇴학은 걸고 배틀을 해야 진정한 음악 배틀이라고 볼 수 있겠지.

이미 눈이 높아질 대로 높아진 에이틴의 눈에 대본이 들어올 일은 없겠지만, 대강 맥락은 짚었다.

노래 한 번 불러 주고, 약간의 연기를 더해서 한 에피소드 정도로 활약해 주면 되는 카메오.

"물론 일회성 카메오로 나오는 거긴 하지만, 나름 한 에피소드 내리 나오거든. 비중도 괜찮고, 좋은 기회가 되지 않을까 해서 찾아왔어."

유재현의 말은 진심이었다. 그는 미소를 짓고선 에이틴을 천천히 돌아보았다.

"천천히 생각해도 돼. 기다리고 있을 테니까."

신인으로서는 분명 좋은 기회다. 유민하의 눈이 무의식적으로 반짝였다. 애써 입을 열지는 못해도 무척이나 하고 싶어 하는 표정이다. 이유승도 그렇고. 카메라 앞에서만 공격적인 이다영도 조심스레 말을 얹었다.

"재밌을 거 같지… 않아?"

서을예고의 선생들이 강조하는 것이 있었다. 기회가 오면 잡으라고.

못 하겠다는 이유로, 자신 없다는 이유로 빼면 스타가 될 수 없다고 했다.

주영준 선생의 가르침에 따르면 놓칠 이유가 없는 기회였다.

"할래요!"

다섯 명의 입에서 동시에 패기 어린 한마디가 튀어나왔다.

*　　　　*　　　　*

주영준 선생은 두 눈을 크게 뜨고선 벌떡 일어났다.

다른 것도 아니고 공중파 드라마 섭외라니. 주영준 선생답지 않게 흥분한 목소리로 말을 뱉었다.

"야, 뭐 하고 있어! 당장 해야지! 하겠다고는 했지?"

"네, 그래서 하기로 했어요."

"연습은? 연습 해 둔 거 있어?"

"대본만 미리 전달받긴 했는데……."

당장 3일 후가 촬영이다. 원래도 촉박한 스케줄에 급하게 들어간 것이니 어쩔 수 없었다. 주영준 선생은 멀뚱멀뚱 서 있는 신서진을 바라보며 피식 웃었다.

'드라마 스케줄이라……'

데뷔 클래스에 들어간 것만으로도 놀라운데 소속사도 없이 혼자서 스케줄을 물어 오다니.

될 놈은 될 놈이다. 그렇게 버거워하면서 학교에 적응도 못 하던 녀석이 이렇게 기특하게 기쁜 사고를 쳐 줄 줄은 몰랐다.

주영준 선생은 이번 섭외는 신서진의 덕택이 크다고 생각했다. UCC에서 단연 존재감을 뿜어내던 것이 바로 신서진이었기 때문이었다. 자신의 제자여서가 아니라, 자신이 드라마의 막내 작가였어도 딱 저 녀석을 섭외하고 싶었을 터였다.

"연기 해 본 적 없지?"

주영준 선생은 물가에 내놓은 어린아이들을 보는 표정으로 발을 동동거렸다. 좋은 기회를 얻었으니 잡긴 해야겠는데 잘 해낼 수 있을지 확신은 들지 않아서였다.

"동아리에서 잠깐……. 아니, 안 해 봤다고 해야 할 거 같아요."

생각해 보니 한시은의 특강을 들은 것도 두세 번인가 그랬다. 유민하는 고개를 젓고선 주영준 선생의 말을 경청했다. 주영준 선생은 턱을 쓸어내리며 심각한 얼굴이 되었다.

"기왕 할 거면 제대로 해야 하잖냐. 맞지?"

"네, 그렇죠!"

"저희 진짜 열심히 할 거예요."

카메오여도 공중파 드라마에 얼굴을 비치는 건데, 연기 경력 제로의 순수한 녀석들로는 안 되겠다는 판단이 들었다. 주영준 선생은 주먹을 움켜쥐고선 잠시 기다리라며 자리를 박차고 떠났다.

"쌔… 쌤?"

그렇게 10분도 지나지 않아, 양손에 짐을 가득 들고 돌아온 주영준 선생은 포부 넘치게 입을 열었다.

우르르.

두툼한 종이 문서들이 책상 위로 엎어졌다.

끝이 보이지 않는 양의 문서들, 그것의 정체가 대본임을 가장 먼저 알아챈 건 유민하였다.

"이틀 동안 연습해 와."

"네?"

"네에?"

"이걸… 다요?"

내 자식들이 어디 가서 무시당하는 꼴은 못 본다.

주영준 선생은 과한 열정으로 한 명당 뭉텅이로 대본을 건넸다.

"서진이 받고! 성훈이도!"

"아… 아악. 무거워요!"

"깡그리 연습해 와야 한다! 자율 연습 빼 줄 테니깐."

"으어억……."

자, 특훈이다.

＊　　　　　＊　　　　　＊

　마침내 〈하이스쿨 2015〉의 촬영 날 아침이 밝았다.

　수업까지 빼고 찾은 촬영장은 생각보다 훨씬 분주했다. 수많은 스태프들과 배우들, 매니저, 스타일리스트가 우르르 몰려다니고 있었다.

　사람들의 운행을 잠시 통제한 서울의 버스킹 구역.

　벌써부터 몰려든 인파들이 고개를 빼꼼 내밀고선 이쪽으로 시선을 집중했다.

　하지만 그중, 멀찍이 서 있는 카메오들에게 관심을 주는 사람은 없었다.

　다들 제 할 일에 바쁜 탓에 전혀 신경을 쓰지 못하는 모습.

　뒤늦게 달려온 유재현은 숨을 헐떡이며 에이틴을 맞았다.

　"얘들아, 이쪽으로! 오는 데 힘들진 않았고?"

　"안녕하세요!"

　"잘 부탁드립니다!"

　쫄래쫄래. 유재현이 시키는 대로 자리를 이동한 다섯은 정신없는 촬영장을 돌아보며 연신 입을 벌리고 있었다. 유민하의 옆에서 꾸벅꾸벅 졸고 있던 신서진은 그녀의 부름에 화들짝 놀라 일어났다.

　"그렇게 피곤해?"

　의외다.

늘상 에너지가 넘치기만 했지 절대로 졸려 했던 적이 없는 신서진이 저렇게까지 힘들어할 줄이야. 얼마나 연습을 많이 했는지 눈빛에 피곤이 묻어 있었다. 유민하는 대견하다는 듯 웃으며 신서진을 돌아보았다.

"많이 늘었어?"

"당연하지. 나는 습득이 빠르니깐."

신서진은 어깨를 으쓱여 보이고선 자신만만한 얼굴로 벽에 기댔다.

그 순간이었다.

날카로운 인상의 남자가 메가폰을 들고선 중앙으로 걸어왔다.

〈하이스쿨 2015〉의 메인 피디. 카리스마 넘치는 살벌한 눈빛이 우물쭈물하게 서 있는 에이틴 쪽으로 향했다. 정확히는 유재현에게 말이다.

"빨리 준비시키라고!"

"자자, 빠르게 집중하고 들어가자. 오늘 촬영해야 할 씬이 조금 많아서."

유재현은 대본을 움켜쥐고선 속사포로 말을 쏟아 냈다.

"즉흥 버스킹 배틀을 하는데, 실력이 부족해서 지는 거거든. 대본은 숙지했지?"

"다 읽어 봤어요. 아, 그런데 이해 안 가는 게 하나 있긴 했어요."

"뭔데?"

신서진은 심각한 얼굴로 턱을 쓸어내렸다.

"저희가 실력이 부족해서 질 리가 없지 않나요?"

이상해, 확실히 이상해.

신서진이 중얼거리는데, 유민하가 빠르게 그의 말을 컷 했다.

"네, 그냥 넘어가 주세요. 쟤, 원래 자주 그러거든요."

"어, 어. 그래. 애들아, 연습은 충분히 했고?"

"네, 물론이죠."

주인공 팀을 도발하면서 내건 음악 배틀.

거기서 에이틴이 처참히 밀리는 것이 원래의 스토리였다.

특별히 깊은 감정선을 요구하는 것은 없으니 금방 끝날 거라는 게 유재현의 설명이었다.

"자신 있어요. 저희 특훈 받았거든요."

"특훈?"

"쌤이 강제로 굴렸어요. 무슨 연극영화과인 줄 알았네."

유재현은 조잘대는 애들을 보고선 피식 웃었다.

자신은 넘치니 좋네.

하지만, 마음이 완전히 놓이진 않았다. 배우도 아니고 데뷔도 안 한 애들을 자신이 갑자기 끌고 왔다 보니, 괜히 논란이라도 생길까 걱정되었던 것이다.

이들 중 가장 대사의 비중이 높은 신서진.

유재현은 마지막으로 연기 포인트를 강조하며 신서진의 용기를 북돋웠다.

"최대한 거만하고, 속된 말로 말해서 좀 띠껍게 연기하면 돼."

"그런 건 완전 자신 있어요. 생활 연기라서."

"으… 으응?"

"네?"

"아니다. 그래, 응원한다. 파이팅!"

우렁차게 파이팅을 외친 유재현은 손을 흔들고선 곧바로 현장으로 달려갔다.

에이틴만 챙기기엔 해야 할 일이 너무도 많아서였다.

낙동강 오리알처럼 다시 홀로 던져진 에이틴.

"진짜 배우가 된 거 같다."

호기심 어린 눈으로 저마다 신나게 눈을 굴리고 있던 순간, 이유승이 어디론가 손가락을 가리켰다.

"어?"

다음 촬영에 들어가기 위해 준비하고 있는 배우.

대본에 파묻힐 듯 열중하고 있는 앳된 얼굴이 눈에 들어왔다.

최성훈까지 옆에 서서 탄성을 터뜨리자 신서진은 의아한 얼굴이 되었다.

대충 생긴 것은 또래인데 무슨 프로처럼 자연스레 촬영장을 누비고 있는 어린 배우.

이유승이 놀란 눈으로 작게 읊조렸다.

"벌써부터 배우 활동 들어갔구나."

주인공의 옆을 따라다니는 조연 역할이긴 하지만 나름 비중도 큰 데다가, 저 나이에 공중파 드라마에서 활약할 수 있는 배우가 많은 것이 아니다. 어디서 많이 본 듯한 얼굴에 신서진은 고개를 갸웃했다.

최성훈은 두 손을 모으고서 혀를 내둘렀다.

"좋겠다. 촬영장이 어울리네. 우리도 언제쯤 정식으로 데뷔해서……"

"누군데?"

신서진이 주머니에 손을 꽂고선 최성훈의 옆에 섰다.

"우리 학교에서 쟤 모르는 사람도 있냐? 아, 너 학교 중간에 관뒀었지."

아차차.

최성훈은 제 머리를 쥐어박고선 팔짱을 꼈다.

"한시은 선배 동생."

한시은 선배?

최성훈의 말이 끝나기 무섭게 동생이란 녀석의 시선이 이쪽에 닿았다.

신서진은 침을 삼키며 그와 눈을 마주쳤다.

*　　　　*　　　　*

한시은의 동생 한해성은 떨떠름한 표정으로 간이 의자를 뒤로 젖혔다.

아까부터 부담스러운 시선들이 빤히 이쪽을 보고 있다.

힐끗힐끗.

이제는 아예 대놓고 보네.

여기가 그렇게 신기한가?

거의 무슨 방송국 체험학습 온 어린애들을 보는 기분이다.

한해성은 머리를 긁적이며 허세 섞인 미소를 흘렸다.

"쟤들 뭐예요, 형?"

"너네 학교 학생이라던데. 서울예고."

"아… 아."

가만 생각해 보니 알 것도 같다. 어디서 많이 본 얼굴들이야. 한해성은 다시 한번 멀리 떨어져 있는 에이틴을 스캔했다.

"쟤는 유민하고, 쟤는 이유승이고…… 어?"

아니, 설마.

한해성은 화들짝 놀란 얼굴로 자리에서 벌떡 일어섰다.

"쟤, 그놈이잖아!"

세상 해맑은 얼굴로 생글거리고 다니는 저 갈색 머리. 스타일링을 많이 바꿔 놔서 못 알아볼 뻔했지만 자세히 보니 알 것 같았다.

그래, 서을예고에서 저 녀석을 모를 수가 없지.

"그 기타 들고 날았던 미친놈 아니야?"

한해성은 감격한 얼굴로 입을 틀어막았다.

"와, 저 또라이를 내 인생에서 영접하게 되다니. 미쳤다. 이건 친구들한테 자랑해야겠다."

"해, 해성아? 쟤가 누군데?"

"미친놈이요. 보통 미친놈이 아니에요."

"아니, 아무리 그래도 같은 학교 친구한테 그러는 거 아니다."

"에이, 형이 못 봐서 그래요. 쟤 기타 들고 막 날아다닌다니깐."

매니저는 한해성의 말을 믿지 않았다.

"설마. 그럴 리가 있나."

"진짜예요. 서을예고 애들 붙잡고 물어보세요. 기타 들고 날아다니고, 지 선배한테는 대걸레 던지는 또라이. 다른 학과긴 한데, 저 친구가 저희 학년에 있다니까요. 아, 촬영 때문에 그걸 직관 못 한 게 너무 아쉽네."

한해성은 연신 혀를 내두르며 말을 쏟아 냈다.

솔직히 말해서 믿을 만한 얘기는 아니었지만, 연기 외의 분야에서 저토록 흥분한 걸 처음 본 터라 매니저는 믿어 주기로 했다.

'과장됐겠지.'

물론 100프로 믿지는 못했다.

한해성은 대본을 펄럭이며 팔짱을 꼈다.

"그래서 쟤네가 오늘 출연하는 거예요?"

"원래 제이였는데, 그렇게 됐다."

"아. 근데 그렇게 구할 사람이 없었나?"

신기한 거랑은 달리 저들의 카메오 출연에 있어서는 사뭇 회의적인 그였다.

어려서부터 아역 배우로 시작해서 자신만의 연기 캐리어를 쌓아 온 한해성이다. 서울예고의 연극영화과에 진학한 것도 연기에 대해 심층적으로 배워 보고 싶어서였다.

연기에는 늘 진심이었다.

그렇기에 반짝 유명해졌다고 연기에 뛰어드는 아이돌을 그다지 좋아하지 않았다.

연기도 못하는 주제에 얼굴만 믿고서 배우들의 자리를 뺏는다는 게 곱게 보이지 않았으니까.

뭐, 주연급도 아니고 카메오로 나온다니 크게 간섭하고 싶진 않지만.

기본적으론 그렇단 소리였다.

'아이돌이 무슨 연기야.'

"차라리 저희 과 애들 중에 데뷔 안 한 애들로 뽑지."

"특별히 인지도 있는 애들이 없잖아. 쟤네는 UCC 대상인지 뭔지로 너튜브에서 난리 났더만."

"아무리 데려올 사람이 없어도 데뷔도 안 한 실음과 애들을…… 차라리 기타나 하나 쥐어 줘요. 그거 들고 뒤로 뛰면 시청률 폭발하겠네."

한해성은 한숨을 내쉬며 저 멀리서 조잘대는 에이틴을 물끄러미 바라보았다.

아까까지는 이쪽을 줄곧 의식하더니만 지금은 저들끼리 잘 놀고 있다.

죽어라 연습해도 모자랄 시간에 웬 여유지?

"보나마나 연기도 못할 것 같은데. 벌써부터 걱정되네요. 제발, 원테이크로 가자."

저 녀석들 때문에 촬영이 지연되는 꼴만은 피했으면 했다. 그건 자신뿐만 아니라 원로배우들한테도 민폐 그 자체니까.

가끔 카메오랍시고 너무 말 같지도 않은 놈들을 데려와서 촬영이 지연된 적이 한두 번이 아니다. 연기를 못하더라도 적당히 못해야지, 그 정도의 빌런이 되어서는 안 될 텐데.

특히 자기 또래의 어린 녀석들이니 걱정이 안 될 수가 없었다.

매니저는 너무 극단적으로 생각하는 거 아니냐며, 한해성의 말에 제 의견을 얹었다.

"에이, 그 정도인가? 그래도 마스크는 나름 배우 상이던데?"

"배우 상은 저죠, 형. 쟤들은 딱 봐도 아이돌이구만. 관상에 연기가 없어, 연기가."

뭐, 어차피 연기를 보면 알겠지.

그때 가서 욕해도 늦지는 않아.

한해성은 혼자 중얼거리며 다시 대본을 읽기 시작했고,

매니저는 흥미로운 눈길로 멀찍이 서 있는 신서진을 바라보았다.

그 순간.

"촬영 시작합시다!"

촬영을 알리는 메인 PD의 우렁찬 외침이 촬영장 위로 울려 퍼졌다.

*　　　　　*　　　　　*

버스킹 장소에서 서로를 견제하며 싸우게 되는 씬.

신서진과 한해성이 직접적으로 멘트를 주고받는 장면이었다.

대사가 특별히 어렵거나 많은 장면은 아닌데, 촬영 자체가 처음인 카메오와 호흡을 맞춰야 하다 보니 조심해야 할 부분이 많다.

저 녀석이 연기를 잘할 리는 없으니, 자신이 연기를 리드해 줘야 할 것이 아닌가.

한해성은 능숙하게 감정을 잡고선 카메라의 방향을 체크했다.

신서진 역시 나름대로 주영준 선생의 가르침을 머릿속에 되새기면서 이를 악물었다.

주영준 선생이 시키는 대로 열심히 연습했다.

'연기를 잘할 수 있나?'

음주 가무는 타고났어도 연기는 사실상 처음이었다. 연기에 무지했던 신서진에겐 주영준 선생의 말 한마디 한마디가 크게 도움이 되었다.

그중 하나가 신서진의 머릿속에서 떠돌아다녔다.

'배역에 완전히 몰입한다고 생각해. 네가 연기한다고 생각하지 말고, 아예 그 사람이 되었다고 생각하면서 읊어 봐.'

알겠습니다, 선생님.

그 배역이 되었다고 생각하라.

무시할 대상을 머릿속에 떠올리면서, 최대한 사실적으로 연기해라.

감정을 쏟아붓고, 상대를 약 올리게 만들어라.

"으음."

그렇다면 누구를 그토록 무시하면 될까. 딱 떠오르는 얼굴이 하나 있었다.

"아!"

디오니소스.

그 녀석이 히죽거리며 괴상한 의상을 자신에게 입히려 했던 순간.

기껏 살려 놨더니 기회만 났다 하면 허구한 날 능글맞게 기어오르던 행동에.

자신이 제 전속 우체부인 양 전령 300통을 쌓아 놓고 기다리고 있던 20년 전의 장난까지도.

'이거 완전 개자식 아니냐?'

몰입이 너무 잘돼.

그뇨 얼굴만 떠올리면 막 화가 나는 것 같아.

디오니소스의 얼굴을 머릿속에서 되새기고 나니 절로 감정이 잡혔다.

주영준 선생의 조언은 효과가 굉장했다. 준비를 마친 신서진은 천천히 고개를 들었다.

동시에, PD의 목소리가 촬영장에 울려 퍼진다.

"레디, 액션!"

탁.

슬레이트 소리와 함께 신서진의 눈빛이 180도로 바뀌었다.

껄렁껄렁한 자세로 벽에 기댄 신서진의 시선이 한해성에게 향했다.

'뭐지?'

연기 경험이 충분했기 때문에, 상대의 연기에 압도되어 실수하는 일은 없다.

하지만, 자연스레 자신의 대사를 뱉으려던 한해성은 크게 당황하고 말았다.

아직 첫 대사가 나오기도 전인데…….

'아까 걔 맞아?'

해맑게 뛰어다니던 녀석은 어디로 가고, 완전 다른 놈이 되어 돌아왔다.

표정만 봐서는 이미 배역 그 자체에 완벽히 몰입한 얼굴이다.

한해성은 움찔거리며 입을 뗐다.

이 페이스에 밀리지 않기 위해서 자신 또한 싸늘한 표정을 유지했다.

하지만, 여기서 하나의 문제가 더 있었다.

연기 방향에 대한 유재현의 주문.

'최대한 거만하고, 속된 말로 말해서 좀 띠껍게 연기하면 돼.'

신서진이 굉장히 제 역할에 충실했다는 점이었다.

오묘하게 깔보는 듯한 눈빛에 느껴지는 위압감.

띠껍다는 말 외엔 쉬이 표현할 수 없는 얄미운 표정까지.

뭐지?

왜 열받지?

살면서 본 사람 중에 가장 짜증 나게 생겼다.

심지어 잘생겨서 몇 배로 더 짜증이 났다.

'제길.'

한해성의 페이스가 급격하게 휘말리기 시작했다. 당당하게 뱉었어야 했던 대사였지만, 본능적으로 기가 죽은 목소리가 튀어나왔다.

"예약… 우리가 미리 해 둔 거 같은데?"

하지만, 신서진은 오히려 아까보다 더욱 몰입하고 있었다.

대본을 미리 읽어 봤는데, 여기는 자신이 잘 살릴 수 있는 파트였다.

당장 꺼지라는 듯한 뉘앙스. 이런 연기라면 자신 있었다.

'내 궁전에서 술을 훔쳐 먹고 청소도 안 하고 튀었던 그 녀석.'

'한두 번도 아니야. 그것도 꼭… 바쁠 때만 골라서……!'

개자식.

가뜩이나 바빠 죽겠는데 난장판이 된 궁전을 보고선 뒷목을 잡았던 기억이 생생했다.

아, 확실히 몰입이 잘되네.

꺼질 거면 네가 꺼져라!

술 처먹을 거면 네 궁전 가서 처먹어.

제발!

치밀어 오르는 화를 억누르며 이를 띠꺼움으로 승화해 낸다.

신서진은 여유로운 표정으로 씨익 웃어 보이고는 첫 대사를 뱉었다.

"그래서? 지금 비켜 달라는 거야? 세팅까지 다 맞춰 놨는데?"

약 올라… 약 올라!

하찮은 개미 새끼 한 마리를 보는 표정으로 이쪽을 내려다보고 있다. 거기에 더해 비아냥거리는 말투가 흘러나온다.

"하, 여기 계신 분들이 다 우리 공연만 기다리잖아. 비켜 달라는 건 너무 민폐지 않아?"

한해성은 저도 모르게 주먹을 부들대며 침을 삼켰다.

"그건 네 착각이지. 우리 공연 기다리실 수도 있잖아."

"놀라운 자신감이네. 자아가 너무 비대해서 곧 대가리에서 튀어나올 것 같아? 왜? 여기서 험한 꼴 보고 싶어? 한번 붙어 볼래?"

"웃기시네. 너, 그 말 감당할 수 있겠어?"

원래는 상대편을 기의 누르며 내뱉어야 하는 대사다. 그런데 어쩐지 한해성은 이미 신서진에게 압도된 것처럼 느껴졌다. 그 엄청난 차이를 메인 PD가 눈치채지 못할 리 없었다.

"컷! 자신 있게 들이받아야지, 해성아!"

"아, 죄송합니다."

생글생글. 아까의 그 띠껍던 눈빛이 다시 세상 순한 표정으로 돌아온다.

하지만, 그것도 잠시.

카메라만 들어오면 경멸의 눈빛으로 바뀌어 버린다.

마치 마스크를 갈아 끼우듯 너무도 자연스러운 변화였다.

신서진이 목소리를 높이며 한해성을 몰아세우고, 한해성은 간신히 그의 도발을 받아쳐 낸다.

"왜? 여기서 험한 꼴 보고 싶어? 한번 붙어 볼래?"

"웃기시네. 너, 그 말 감당할 수 있겠어?"

컷! 컷! 컷!

몇 번이고 NG가 난 후에야 간신히 끝이 난 촬영.

이 바닥의 원테이크 전문 아역이라는 소문이 돌 정도로 촬영장에서 도통 실수를 한 적 없는 한해성이었다. 간당간당하게 오케이를 받아 낸 그를 보고서 놀란 매니저가 달려왔다.

"해성아, 너 왜 그래?"

"……"

"오늘 왜 그렇게 실수를 해, 컨디션 안 좋아?"

"그게 아니라……."

원래 잘해 왔어서 다행이지, 하마터면 저 호랑이 PD의 성격을 제대로 건드릴 뻔한 아찔한 상황이었다. 한 번에 끝내겠다고 그렇게 호언장담을 한 녀석에게 무슨 일이 있었던 건지. 걱정스러운 매니저의 물음이 이어졌다.

그 질문에 대한 답은 하나뿐이었다.

아까 그놈 때문에.

기타 들고 나르던 미친놈.

한해성은 패배감이 짙은 얼굴로 나직이 말을 뱉었다.

"지인짜… 재수 없었어."

"뭐? 쟤가 너 건드렸어? 연기할 때 도발이라도 했어? 안 들리는 데에서 뭐라고 한 거야?"

아니, 그런 게 아니라.

"연기가 재수 없어."

살면서 본 연기 중에 가장 열받게 하는 연기였다.

그 와중에 더 열받는 건, 심지어 잘한다는 사실이었다.

*　　　*　　　*

촬영은 쉴 없이 이어졌다. 바로 전 씬이 서로를 도발하는 장면이었다면, 이번에 촬영할 장면은 오늘 촬영의 메인. 음악 배틀 씬이었다.

분주하게 악기를 세팅한 촬영장 안으로 에이틴 멤버들이 들어왔다.

"네, 바로 촬영 들어갈게요! 레디, 액션!"

고집 센 경쟁자들이 버스킹 공연을 뺏어 내겠답시고 땡깡을 부리는 장면.

다섯 명의 무대가 시작되자, 카메라맨은 분주하게 그 장면을 담아냈다.

하지만, 그것도 잠시.

메인 PD는 한해성이 느꼈던 그 감정을 비슷하게 느끼고 말았다.

'뭐지?'

설렁설렁 부르라고 주문했다. 여기선 이들이 튀어서는 안 됐으니까.

분명 주문대로 설렁설렁 부르고 있는 듯하다. 표정도 제법 따분해 보이게 느껴지고.

이대로만 보면 문제가 없었다.

그런데.

"잠깐만. 컷!"

너무 잘한다.

대충 하는 것 같은데도 잘하는 게 문제였다.

메인 PD는 난처한 낯빛으로 메가폰을 잡았다.

"자, 학생들!"

"네?"

"너네가 져야 돼. 더 매력적이면 안 된단 말이야."

"다시 갈게요! 덜 매력 있게!"

"네, 최선을 다하겠습니다!"

최성훈은 축 처진 어깨로 다시 감정을 잡았고, 유민하 역시 목에 들어간 힘을 풀었다.

신서진도 메인 PD의 말을 충분히 인지하고 따라가려 노력했다.

하지만, 결과는 비슷했다.

"으음……."

원래는 그냥 묻혀야 하는데 자꾸만 시선이 저쪽으로 간다. 버젓이 주인공 밴드가 오른편에 있는데도, 촬영장 근처를 지나가는 관객들조차 에이틴을 찍고 있었다.

고의적으로 튀려고 하는 게 아니다. 그냥 자연스레 나오는 스타성.

"저걸 어떻게 하지?"

죽인다고 해서 죽일 수 있는 분위기가 아니다.

촬영된 화면을 모니터링하던 메인 PD는 혼란에 사로잡혔다.

"어떻게 생각해?"

근처를 지나가던 유재현이 결국 붙들려 왔다.

"이게 에이틴 촬영본인 거죠?"

"잘하지."

"…잘하네요. 뭐야, 왜 잘하지?"

몇 번을 연습한 건지 저 표정 연기가 예술이다. 왜 자꾸만 저쪽에 눈길이 가는지 알았다.

음악을 할 때의 표정. 그걸 연기로 만들어 낸 배우와, 몸에 배어 있는 이들의 경우가 조금 달랐기 때문이다.

심지어 노래를 부르는 기량.

아무리 노래를 따로 매만지고 녹음한다 쳐도 따라잡을 수 없는 바이브가 묻어 있다.

"솔직히… 이게 더 잘하긴 하네요."

"연출을 아예 이쪽으로 잡을까?"

유재현은 툭 튀어나온 메인 PD의 한마디에 놀란 눈이 되었다.

뻔히 이 장면의 주인공은 따로 있는데 카메오를 위해 대본을 수정한다고?

"여기서 갑자기요?"

"차라리 지더라도 분해하면서 더 노력하는 전개도 괜찮지 않나? 기본적인 기량을 전혀 못 따라가고 있잖아. 시청자들이 바보도 아니고, 우리랑 비슷한 느낌을 받지 않을까?"

메인 PD의 말이 틀린 것은 아니다. 바로 다음 씬에 다른 평가를 위해 고군분투하는 장면이 나오기는 하니 여기서 가볍게 빌드 업 하고 넘어가도 크게 문제 될 부분은 없었다.

"동기부여 같은 거지. 꼭 여기서 밟고 갈 필요는 없잖아. 선의의 라이벌, 이런 느낌으로. 서로를 인정하면 그림도 좋잖아! 유재현 씨 생각은 어때?"

"그… 게… 제가 봤을 때는……."

카메라를 돌린다고 해결할 수 있는 문제도 아니니, 씬만 아주 살짝 바꿔서 새로 찍어 보자.

무엇보다 방금 찍힌 씬이 메인 PD의 마음에 쏙 들었기 때문이기도 했다.

"아니, 장면 아깝잖아. 봤어? 이 부분 표정?"

하필 패배를 직감한 듯 아랫입술을 잘근거리는 한해성의 표정까지 카메라에 잡히면서 장면이 더 생동감 있게 살았다. 저렇게 잘 찍힌 장면을 포기할 그가 아니었다.

"허락받고 와."

"제, 제가요?"

갑작스러운 대본 수정이라니.

심지어 중요한 장면도 아니고…….

이거 한바탕 싸우는 거 아닌가?

유재현은 난처한 얼굴로 머리를 긁적였다.

뒷처리는 유재현의 몫이다. 큰 줄기엔 영향이 가지 않을 세부

에피소드니 메인작가의 허락만 떨어지면 크게 문제 될 것은 없었다. PD에게서 촬영분을 건네받은 유재현은 발에 불이 나도록 어딘가로 뛰어갔다.

의외로 결론은 금방 났다.

"가도 된답니다!"

다음 촬영을 이어서 진행하고 있던 촬영장 위로 유재현의 우렁찬 한마디가 울려 퍼졌다.

"허억… 헉. 이게 더 좋으시다는데요?"

느닷없는 대본 수정에 불쾌할 법도 했지만 막상 촬영본을 본 메인작가가 태도를 180도로 바꿨다는 게 유재현의 설명이었다.

심지어 저 카메오가 어떤 친구들이냐고까지 물어봤단다.

"오케이. 수고했다."

작가의 결정까지 떨어졌으니 더 걸릴 것은 없다.

메인 PD는 흐뭇하게 웃으며 유재현의 어깨를 툭툭 쳤다.

"다음 씬 들어가기 전에 잠깐 씬 34 재촬영 들어가겠습니다! 대기해 주세요!"

갑자기 여기서 장면을 바꾼다고?

한해성과 주연 배역을 맡은 배우는 놀란 눈으로 술렁이는 스태프 쪽을 주시했다.

하지만, 결론은 그들이 생각했던 것과 다른 방향으로 흘러가게 되었다.

주인공을 돋보이는 장면에서, 함께 동기를 부여시키는 빌드업으로.

"딱 한 번만 더 찍을게요! 스토리 바꿔서!"

촬영을 진행하면서 저 PD가 저렇게까지 흡족해하는 얼굴을 본 적이 없다.

"촬영 시작합니다! 레디, 액션!"

한해성은 붉어진 얼굴로 그 자리에 얼어붙고 말았다.

＊　　　　＊　　　　＊

졌다. 연기엔 승패가 없다고 배웠지만 자신은 분명 졌다.

카메오로 출연했던 에이틴이 떠난 후에야 한해성은 패배의 원인을 곱씹기 시작했다.

'왜 밀린 거지?'

대선배 앞에서 연기할 때도 충분히 위압감은 느껴 왔다. 하지만 이렇게 완전히 페이스에서 밀린 것은 처음이었다. 그것이 신들이 가지는 특유의 위압감이라는 것을 알 리 없는 한해성은 제 머리를 쥐어박으며 자책했다.

"연습은 열심히 했는데, 하."

사건의 전말은 이랬다.

신서진이 연기 중에 자신을 억제하는 데에 실패했다.

사실적으로 연기하라기에 분노했고, 신의 위엄 앞에서 본능적으로 한해성이 말려들었을 뿐이었다.

그나마 비아냥대는 연기를 주문했기에 망정이었다. 아예 대놓고 상대를 억누르고 찍어 내리는 연기였다면 한해성이 그 자리에서 까무러쳤을지도 몰랐다.

그 신들린 연기를 직접 마주하지 못했던 다른 배우들이 구시

렁대며 한해성의 옆에 앉았다.

〈하이스쿨 2015〉의 주연을 맡고 있는 배우 박태수. 지금은 서울예고를 졸업했지만, 한해성보다 두 살 많은 데다가 은근히 촬영장의 분위기를 휘어잡는 선배였다. 아까 음악 배틀 씬에서도 함께 했었는데, 갑자기 스토리가 바뀐 것이 퍽 마음에 들지 않았던 모양이었다.

주연이니 분량은 이미 충분하다 쳐도, 이름 모를 카메오한테 주도권이 넘어갔다는게 자존심이 상했던 듯했다.

"하, 기가 막혀서. 멀쩡한 스토리를 왜 엎어? 걔들 노래하는 장면 살리려고? 이게 뮤지컬이야, 드라마야."

"뮤직 드라마죠."

"뭐?"

"아, 아닙니다."

괜히 눈치 없이 말을 거든 후배는 옆에서 깨갱 하고 있고, 한해성은 별말 없이 입을 다물었다.

촬영이 끝난 후 메인 PD는 칭찬을 아끼지 않았고, 카메오를 섭외해 온 유재현도 모처럼 만에 갈굼 없이 밝은 얼굴로 집에 갔다. 결과적으론 좋은 상황이라 볼 수 있었지만, 배우로서 껄끄러운 마음이 드는 건 어쩔 수 없었다.

그렇기에 자연히 험담이 이어졌다.

"화제성 하나 어떻게 좀 물어 보겠다고, 하여간 연기는 뼈 빠지게 시켜 놓고 그런 건 덥석 아이돌한테 물어다 준다니깐. 한두 번이야? 제이 걔, 지난번에 촬영 미팅했을 때 작가한테 지랄 했잖아."

"여기서도 지랄했었어요?"

"어린애가 성깔 장난 아니던데. 그 성격이 어디 가? 내가 주의 주니까 찍소리도 못 하던 게."

"아예 매장됐잖아요. 데뷔도 전에 그 난리면, 다시 TV 나오기 힘들지 않나?"

"그러게. 분수는 알아야지. 연기도 못하는 것들이 오냐오냐해 주면 다인 줄 알아."

원래대로라면 한해성도 저 말에 공감했을 터였다.

사실 서울예고의 실용음악과와 연극영화과는 그다지 좋은 사이가 아니라고 볼 수 있었다.

기본적으로 아이돌을 딴따라라고 무시하는 배우들. 그 문화는 연극영화과에서도 고스란히 전해져 내려오고 있었고, 실용음악과 학생들 역시 콧대 높은 연극영화과를 대놓고 싫어했다.

"시청률에 미쳐서 능력도 안 되는 애들 박아 놓으면 다야? 이번에도 심지어 급하게 구한 거잖아. 제이 대타로."

"제이 걔도 개판이었는데 뭘 기대해."

"연기 봤어? 감정만 지나치게 때려 박던데. 애들이 감정 조절이 안 돼. 근데 그걸 쓰겠답시고 스토리를 바꿔? 제정신이 아닌 거지. 나 아까 돌았다니깐?"

"아이돌한테 뭘 바라요. 형도 참."

하지만, 오늘은 달랐다.

'연영과에서도 저 정도 하는 학생은 없었던 거 같은데.'

다양한 연기 스펙트럼을 보지 못했으니 단언할 수는 없지만. 오늘 그 연기만큼은 얄밉도록 잘했다. 인정하기 싫었지만 눈앞에서 본 것을 부정할 수는 없었다.

신서진. 그 괴물뿐만 아니라 다섯 명 모두 그랬다. 무대에서 얼마나 날뛰고 다녔는지는 모르겠지만 표정 연기가 아주 능숙했다.

그런 속마음이 저도 모르게 튀어나와 버린 것이 문제였다.

"니들보다 잘하더만."

"……!"

"뭐라고?"

"너, 뭐 잘못 먹었냐?"

조졌다.

＊　　　　＊　　　　＊

한해성이 어설픈 변명으로 말실수를 둘러 대는 사이, 촬영장 근처 고깃집에선 회식이 벌어지고 있었다.

주영준 선생이 쏘는 날이었다.

"와아아악! 쌤, 맛있게 먹겠습니다!"

"감사합니다."

"맛있겠다. 하, 행복해."

촬영장에서 몇 시간을 대기했더니 쓰러지는 줄 알았다.

최성훈은 이성을 잃고선 먼저 나온 공깃밥에 달려들었다. 신서진은 아까부터 덜 익은 고기에 집착하고 있었다.

"이거 먹어도 돼요?"

"야, 그건 육회잖아."

"나 때는 그냥 잘 먹었는데."

"석기시대에서 오셨어요?"

유민하의 돌직구에 신서진은 흠칫하며 머리를 긁적였다.

역시 눈치가 빠른 애들이라 함부로 입을 열었다간 큰일 난다.

"사실 청동기……."

"뭐라는 거야."

조금 더 뒤 세대로 찍어 봤는데 반응이 영 별로다. 신서진은 시무룩한 표정으로 고개를 떨궜다.

하지만, 이내 불판 위로 지글지글 구워지는 고기에 온 정신을 집중했다.

이유승은 서글서글하게 웃으며 주영준 선생에게 말했다.

"근데 오늘은 진짜 저희가 쏴도 되는데. 저희 부자거든요. 공모전 상금도 들어왔고."

"됐다, 너네한테 얻어먹긴 뭘 얻어먹냐. 크게 성공해서 성인 되면 그때 쏴."

"당근이죠. 제가 쓰리 플러스로다가 대령하겠습니다, 쌤."

최성훈의 능청스러운 대답에 주영준 선생은 너털웃음을 터뜨렸다.

C반에서 허덕이던 모습이 눈에 선한데 이렇게까지 잘 해내고 있으니 뿌듯하기만 할 따름이었다.

오늘 멀리서 다섯의 연기를 지켜봤던 주영준 선생은 짧게 소감을 전했다.

"너네 생각보다 잘하더라, 놀랐다."

"진짜요?"

"누가 제일 잘했어요? 솔직히 저죠, 쌤?"

"응, 아니야. 최성훈 일단 절대 아니고."

"유민하, 너는 가서 노래만 부르고 왔잖아."

"시끄러워. 너는 가서 탬버린 쳤잖아. 캐스터네츠였나."

"둘 다 아니거든. 소고 쳤거든."

칭찬 한마디를 가지고도 저렇게 열정적으로 싸워 댄다. 주영준 선생은 손사래를 치며 둘 사이를 가로막았다.

"다 잘했어, 전부 다. 너네가 연영과 애들보다 잘하더라니깐."

"그렇죠?"

"아, 역시 배우 했었어야 했나?"

이유승도 허세 반열에 끼어들었다.

제자들의 자신감 넘치는 말들에 흐뭇하게 웃어 대던 주영준 선생은 신서진을 바라보았다.

아까 뒤편에서 모니터링할 때도 느꼈던 거지만, 오늘은 특히 그의 연기가 돋보였다. 가장 파트가 많아서이기도 했으나 특히 그 여유 섞인 비아냥거림은 누가 따라갈 수 없는 수준이었다.

"서진이 연기가 장난 아니더만. 어디서 배운 거냐?"

"맞아, 너 진짜… 사람 빡치게 잘하던데."

"한해성 진심으로 열받아서 받아치는 거 같던데."

"연기로 그렇게 빡치게 하는 것도 재능이야."

얘들아, 칭찬이냐 욕이냐.

잠자코 듣고 있던 신서진은 머리를 긁적이며 웅얼거렸다.

입안 가득 고기를 밀어 넣은 채였다.

"저 연기한 거 아니었는데요?"

"그럼 원래 성격이……."

"아, 그렇게 된 거였구나."

어쩐지 결론이 이상하게 나는 기분이다. 주영준 선생은 헛기침을 하며 화제를 돌렸다.

"자자, 그만."

역시 화제를 돌리려면 돈 얘기가 최고다.

주영준 선생은 두 눈을 반짝이며 애들에게 물었다.

"아, 너네 상금 어디다가 쓸 거야?"

한 사람당 무려 천만 원이다. 고등학생 기준으로는 제법 큰 돈이었다.

사고 싶은 걸 산다는 애도 있고, 저축하고 보겠다는 똑똑한 애도 있고, 웬 궁전에 처박아 두겠다는 이상한 애도 있다.

애들이니까 돈을 어디에 쓰든 괜찮은 나이지.

하지만, 그 사이에서도 이 돈이 가장 간절했을 사람이 하나 있다.

이유승은 멋쩍게 웃으며 입을 열었다.

처음부터 어디에 쓸지 이미 생각해 두었다.

"쓸데가 많긴 한데, 인정받아야 할 곳도 많아서요."

"인정?"

"네. 우선 인정받고 싶어졌어요, 그 돈으로."

*　　　　　*　　　　　*

유승은 두툼한 봉투를 옷 안에 밀어 넣고선 문 앞에 섰다. 낡은 대문이 삐걱이며 오랜만에 유승을 반겼다. 지난번 학교에서

매몰차게 아버지를 내보낸 후로 한 번도 찾아오지 않으리라 다짐했던 곳이기도 했다.

하지만, 결국 이렇게 찾아왔다.

유승은 떨리는 손으로 초인종을 눌렀다.

띵동―.

몇 번의 초인종 소리가 울린 끝에, 마주하기 버거웠던 얼굴이 문을 열고 나왔다. 그새 많이 초췌해진 안색의 아버지가 사뭇 놀란 얼굴로 인상을 찌푸렸다.

보나마나 빚을 갚느라 쉴 없이 일해 왔을 터.

유승은 멈칫하며 그를 올려다보았다.

"왜 왔냐."

유승은 입을 꾹 다문 채 대답 대신 봉투를 건넸다.

무슨 말부터 건네야 할지 모르겠지만, 어색한 목소리가 입밖으로 흘러나왔다.

"아버지."

일단, 질러 보자.

유승은 두 눈을 딱 감고 말을 뱉었다.

"저 딱 1년만 더 해 보려 합니다."

"뭐?"

"한 번만 기회를 주세요."

아버지는 봉투 속 돈을 확인하고선 그대로 굳었다. 대충 세 보고선 그 돈의 가치를 눈치챘기 때문이다.

총 천만 원. 고등학생이 어디서 쉽게 벌 수 있는 돈이 아니다. 때문에 다그치듯 말이 튀어나왔다.

"네가 이 돈을 어디서 났어? 훔친 거 아니지? 사고 치고 다니냐?"

"훔친 것도 아니고요, 사고 친 것도 아니에요. 공모전 상금. 저 공모전에서 상 받았어요. 그것도 대상으로요."

유승은 식은땀이 흐르는 손을 옷으로 닦아 내며 말을 이었다.

"드라마 촬영도 했어요. 여기 저 보이죠."

주섬주섬. 휴대전화를 꺼낸 유승은 촬영장 사진을 손으로 가리키며 속사포로 말을 뱉어 냈다. 스스로도 무슨 말을 하고 있는지 자각하지 못할 정도였다.

그냥, 할 수 있는 말들을 여기서 다 쏟아 내고 가고 싶은 마음이었다.

"다다음 주에 방영된대요. 저 나와요. 짧게 나오는 거지만."

"……."

알 수 없는 표정이 유승을 빤히 바라보았다. 그 숨 막힐 듯한 정적을 이겨 내지 못한 유승은 떨떠름한 표정으로 물러섰다. 그러곤 눈으로 아버지 손에 들린 흰 봉투를 가리키며 말을 뱉었다.

"그 돈은 필요한 데 쓰세요. 저, 이만 가 볼게요."

그 길로 돌아서 도망치려 했다.

이 정도면 충분히 제 능력은 증명했다고 생각했으니까.

그런데, 그 순간 아버지의 목소리가 유승을 붙들었다.

"이유승."

"……!"

덥석.

유승의 손에 흰 봉투를 다시 쥐여 준 아버지가 한숨을 내쉬며 말을 뱉었다.

"됐다, 코 묻은 돈 받아서 뭐에 쓴다고."

"……."

"이 돈 없어서 망할 정도는 아니다."

유승은 저도 모르게 피식 웃음을 흘리고 말았다. 천만 원이 땅 파서 나오는 것도 아니고, 그 정도 돈조차 쪼들려서 힘들어하는 걸 뻔히 아는데. 끝까지 자존심을 세우는 아버지의 모습이 싫진 않았다.

아니, 한편으로는 고마웠다.

"어후, 지긋지긋해라."

어릴 적에 가수를 하려 했던 아버지다. 음반도 냈었고, 이름 모를 가수로도 활동했었지만 밤무대에 서는 것 외엔 변변찮은 무대조차 설 기회가 없었다. 그 뒤에 사업으로 성공하긴 했지만, 연예인은 아무나 하는 게 아니라는 걸 그 시절 절실히 깨달았다.

그렇기에 집안이 어려워진 후 유승이 같은 길을 걷지 않길 바랐던 것이었다.

그런데.

'끼가 있는 애를 무슨 수로 말려.'

자신보다 훨씬 잘해 내고 있고, 재능 있는 아들이다.

아버지는 머리를 짚으며 혀를 내둘렀다.

"그 피가 어딜 가나, 내 탓을 해야지."

그렇기에 할 수 있는 것은 응원밖에 없었다.

천만 원짜리 봉투를 유승의 품에 넣어 주며, 무뚝뚝한 말 한 마디를 건네었다.

"한번 시작했으면 열심히 해라."

"허, 허락해 주시는 거예요?"

끄덕.

천천히 고개를 끄덕이는 아버지의 모습을 바라보며, 유승의 눈에는 어느새 눈물이 고였다.

무슨 말을 해야 할까.

벅찬 심정에 쉬이 입이 떨어지지 않았다.

"…꼭 성공할게요. 저 정말 자신 있으니까."

유승은 읊조리듯 말을 뱉었다.

＊　　　　＊　　　　＊

드라마 방영 날.

에이틴은 단체로 TV가 설치되어 있는 휴게실로 향했다.

자율 연습 시간을 잠깐 빼고 나와 이걸 보기 위해 모였다.

"와… 와……."

"시작한다."

"야, 모여 봐."

파앗.

정시가 되자 〈하이스쿨 2015〉가 시작됐다.

커다란 화면 속 움직이는 사람들. 신서진은 처음 너튜브를 봤을 때처럼 마냥 신기한 시선으로 TV를 응시했다.

핫한 드라마라더니, 괜히 그런 것은 아닌 모양이다.

"여기서 배신 때린 거네."

"저게 나쁜 놈이네."

중얼거리며 주인공의 불쌍함에 몰입하게 된다.

상승세를 타고 있는 인기답게 부담 없이 볼 수 있는 전개.

아, 이거 재밌다.

예술고 선배들에게 불쌍하게 까이고 버스킹을 하러 홍대로 향하는 주인공.

그들이 촬영을 했던 그 무대가 화면 너머로 비쳤다.

그때였다. 화면이 전환되며 주인공 앞에 웬 라이벌이 나타난다.

껄렁한 자세로 멀리서부터 걸어오는 익숙한 다섯 실루엣.

최성훈이 신서진의 옆구리를 쿡쿡 찌르며 말했다.

"이제 우리 나온다."

나왔다, 드디어.

─뭐야 너네는? 허락받고 왔어?

시작부터 존재감을 드러내는 비주얼.

저 큰 화면 가득 갑작스레 신서진의 얼굴이 비친다.

"와."

신서진은 저도 모르게 감탄을 뱉었다.

놀랍도록 잘생겼다.

"……!"

…스스로가 봐도 다소 재수 없지만.

어딘가 거만하고 살벌한 시선이 박태수를 향한다. 박태수와 한해성을 번갈아 바라보던 신서진이 피식 웃으며 말을 뱉었다.

─그래서? 지금 비켜 달라는 거야? 세팅까지 다 맞춰 놨는데?

연기를 할 때에는 대사만 생각하느라 몰랐지만. 이렇게 보니 세세하게 보인다. 장면을 이끌고 있는 감정선, 표정, 그리고 눈빛까지.

연기와 무대는 다르면서도 비슷했다.

감정을 전달하는 것. 다만 그 방식이 노래냐, 대사냐의 차이만 있을 뿐이었다.

신서진의 대사 한마디 한마디가 TV 너머로 또렷이 전달됐다.

─하, 여기 계신 분들이 다 우리 공연만 기다리잖아. 비켜 달라는 건 너무 민폐지 않아?

연출 때문인지 순식간에 빨려 들어간다. 이유승은 저도 모르게 탄성을 내질렀다. 화면 가득 신서진의 얼굴이 클로즈업되며 상대를 경멸하는 눈빛을 여실히 드러낸다.

술술 외웠던 대사를 쏟아 내는 그의 모습에, 옆에서 감탄이 터져 나왔다.

"미쳤다, 너 왜 이리 잘해?"

"와, 보는데 나까지 열받는 거 같아. 진짜 얄밉다."

"그니까!"

"갓서진 찢었다!"

피식. 웃고 있는 입꼬리마저 묘한 경계심을 드러내고 있다.

최성훈은 두 팔을 허우적거리며 TV를 뚫어져라 응시했다.

아예 저 안으로 뛰어들어갈 기세다.

"와… 대박."

곧바로 우리 다섯의 연주 장면이 이어진다.

걱정했던 것과는 달리 너무도 매끄럽게 이어지는 전개. 다섯 명의 매력을 잘 잡아낸 화면이 전파를 탔다.

노래는 물론이고 춤도 잘 춘다.

그토록 연습했던 표정 연기까지 완벽하다.

"이야."

노력의 결실이 빛을 발했다. 적어도 저 장면에는 우리가 가장 빛났으니까.

스토리를 중간에 살짝 바꾼 메인 PD의 결정은 옳았다. 카메라로 돌린다 하더라도 차마 죽이지 못할 다섯 명의 존재감.

잘한다. 드라마를 보다 보니 어느새 신서진의 입가에도 뿌듯한 미소가 걸린다.

신서진은 빠르게 흘러가는 장면 하나하나를 두 눈으로 담았다.

그렇게 한 편이 정신없이 흘러갔다.

우리가 처음으로 출연했던 드라마이자, 인생 첫 TV 출연.

"미쳤다……."

한바탕 촬영이라도 다시 뛰고 온 것처럼, 다섯 명은 드라마가 끝나자마자 그대로 뻗어 버렸다.

"……."

몰아치는 여운에 모두가 넋을 놓고 있는 사이, 최성훈이 비명을 내질렀다.

"와아아악!"

그새 시청자 반응을 찾아보고 있었던 모양이었다.

"야, 댓글에 다 우리 얘기밖에 없어!"

"뭐라고? 진짜?"

"봐봐 난리 났는데, 지금?"

최성훈의 말이 끝나기 무섭게 휴대전화에 불이 났다.

우우우웅.

여기저기서 울려 퍼지는 알림음.

A반 친구들, 주영준 선생, 뿐만 아니라 친하지 않던 애들한테서까지 연락이 쏟아졌다.

"이게 무슨 일이야."

신서진은 조용했던 알림창에 불이 난 것을 보고 당황했다.

신스타그램의 알림이었다.

신서진은 인상을 찡그리며 휴대전화를 열었다.

"다들 왜 이리 난리가 났어."

아폴론, 데메테르, 아프로디테. 익숙한 이름들이 주르르 쏟아졌다.

다 괜찮은데…….

쭉 스크롤을 내리다가 문자 메시지를 확인한 신서진의 얼굴이 이내 굳었다.

어쩌면 이 출연의 최대 공인, 디오니소스다.

[잘 봤다. 시적 화자가 나인가 싶을 정도로 인상 깊은 연기였어. 하핫.]

"……."

[티 났냐?]

…들켜 버렸다.

＊　　　　　＊　　　　　＊

—오늘 카메오 뭐야? 뉴 페이스인데 연기 잘하던데?

└요새 너튜브에서 유명한 애들 데려온다고 해서 짜증 났는데 연기는 잘하더라

└어디서 저런 애들 섭외해 왔냐 ㅋㅋㅋㅋㅋ 메이킹 영상 떴는데 자기네들끼리 놀고 있는 거 너무 귀여어

└원래 카메오 제이였대요. 얘네 섭외한 거 진짜 신의 한 수

└미친 제이였음?

└ㅋㅋㅋㅋㅋㅋㅋㅋ큰일 날 뻔했네

└얘네도 아직 정식 데뷔는 안 한 애들이죠?

└ㅇㅇ 그럴걸

└핫한 너튜브 스타임

—세상 살벌하게 촬영하다가 카메라 꺼지자마자 웃는 거 뭔데 하… 심장이 치여 버렸다

└야 너두……?

└으아아ㅏㅇ아아앙ㄱ 미친 진짜 개미친

└아무래도 큰일 났다 내 텅장

└서을예고는 당장 얘들 데뷔시켜라

└데뷔시켜!

└아 제발 ㅠㅠ 제가 이렇게 소박한 통장을 다 털어서라도 응원할게요 ㅠㅠ

—서을예고 축제 걔, 기자한테서 도망간 포켓돌 걔, UCC 아이

돌 개 맞음!

　└아니, 그 포켓돌이 얘였음? ㅋㅋㅋㅋㅋㅋㅋㅋ

　└헐 스타일링 잘해 놨다 못 알아볼 뻔

　└벌써부터 스타성이 보이네

　└얘네 뭔가 잘될 듯

　—UCC에서도 봤었는데 얘네 잘됐으면 좋겠음

　└노래도 다들 잘하더라

　└심지어 서을예고 C반 출신이래

　└엥???!?? 진심?

　└기사에 써 있던데 작년엔 C반이었는데 노력으로 A반에 올라 온 거라고. 올해 들어서 데뷔 클래스도 들어갔다고 함

　└C반이 뭐임?

　└서을예고가 A반 B반 C반 일케 등급제로 있는데 C반이면 사 실상 데뷔 가능성 없다고 보면 됨 안 될 거 같은 애들 모아놓은 거

　└년 사이에 그렇게 올라간 거야? ㄷㄷㄷㄷ

　└와 서사 대박이다 ㅋㅋㅋ

　└서사까지 치여 버렸어…….

　이튿날, 〈하이스쿨 2015〉의 효과일까. 서을예고를 감싸고 도 는 분위기가 심상치 않다.

　저벅저벅. 계단을 올라갈 때마다 부담스러운 시선들이 이쪽 을 향한다. 때마침 등교 중이던 최성훈이 생글거리며 신서진의 어깨를 툭 쳤다.

　"이야, 배우님."

"배우님은 무슨."

"다들 난리 났을 걸. 쳐다보는 거 봐. 안녕, 친구들!"

최성훈은 해맑게 손을 흔들거리며 실음과 친구들에게 인사를 건넸다.

그때까진 신서진 역시 녀석의 허세일 뿐이라고 생각했지만 예상 못 한 반응이 튀어나왔다.

"와, 신서진! 너 연기 너무 잘하던데?"

"야, 배우 해도 되겠더라?"

뭐냐, 이 어색한 반응들.

뜻하지 않은 관심은 A반에 들어서서도 마찬가지였다.

최성훈과 함께 A반 교실 문을 열어젖히자마자, 반가운 얼굴들이 고개를 빼꼼 내밀었다.

"뭐야, 왔어?"

"신서진!"

"야, 최성훈. 뭐냐, 너네. 특훈의 효과야?"

계단에서 받은 관심만으로도 충분한데 가방을 내려놓고 자리에 앉자마자 우르르 이쪽으로 몰려온다.

드라마의 효과는 굉장했다. 처음에는 관심 없던 녀석들마저도 태도가 180도로 바뀌었다.

"어후, 정신없어."

체감상 촬영을 마쳤던 그날보다도 훨씬 시끄러운 것 같다.

그렇다고 해서 쫓아낼 수는 없으니, 신서진은 쏟아지는 질문에 나름 성실히 답해 주었다.

그때였다.

"신서진."

끼이익.

어디서 많이 본 듯한 남자애가 애들 사이를 비집고 이쪽으로 걸어왔다.

모범생처럼 반듯해 보이는 분위기에 새하얀 곰돌이 상의 얼굴.

아까 몰려온 애들과는 달리 왠지 조심스러워하는 기색이 느껴진다.

신중한 성격인 건가.

신서진은 새하얀 곰돌이를 빤히 바라보았다.

"무슨 일이지?"

녀석은 잠시 고민하더니 메마른 입술을 뗐다.

"어, 그게… 음, 그러니까."

쭈뼛거리더니 용기 낸 듯 말을 뱉는다.

"너랑 올해 들어 제대로 말해 보는 거는 처음인 거 같은데. 어제 연기 보고 놀랐어."

"……."

"앞으로 잘 지내 보자고!"

덥석 악수부터 내민다고?

으응?

신서진은 엉겁결에 악수를 받아 든 채로 고개를 끄덕였다.

다소 부담스러운 부분이 있다. 아는 얼굴이라면 모르겠는데, 아예 처음 보는 녀석이라고.

신서진은 떨떠름한 얼굴로 물었다.

칭찬은 고마운데…….

"네가 누군데?"

"……!"

신서진의 한마디에 교실이 조용해졌다.

왜지?

나 뭐 잘못했나?

영문 모를 신서진이 고개를 스윽 돌리자, 이유승이 기겁한 얼굴로 그를 돌아보았다.

진짜 모르는 표정이다.

이유승은 자세를 낮추고선 신서진의 귀에 속삭였다.

네가 누구냐고 물은 저 애가…….

"우리 반 반장이야, 미친놈아."

"으응……?"

차마 무슨 말을 꺼내야 할지 모르겠다는 표정으로 신서진의 앞에 눈만 끔뻑이고 있는 녀석은.

A반 반장, 허강민이었다.

『예고의 음악 천재』 3권에 계속…